夢枕獏

妖猫传

沙门空海·大唐鬼宴

(日)梦枕貘○著
徐秀娥○译

北京联合出版公司
Beijing United Publishing Co., Ltd.

目　录

主要登场人物

德宗—顺宗时代（七八〇—八〇五）

空海：为求密宗大法而入唐的年轻日本修行僧。

橘逸势：以遣唐使身份赴长安的日本儒生，空海的好友。

丹翁：道士。经常出没于空海四周，并给予意见。

刘云樵：金吾卫卫士，家中出现妖猫，妻子为妖所夺。

徐文强：骊山下的农民，因在棉花田里听到谜般的细语，而引发怪异事件。

张彦高：金吾卫卫士，徐文强的好友。

大猴：出生于天竺的巨汉，空海的用人。

玉莲：胡玉楼的妓女。

丽香：雅风楼的妓女。

马哈缅都：波斯商人。多丽丝纳、都露顺谷丽、谷丽缇肯三姊妹的父亲。

惠果：青龙寺老师父。

凤鸣：青龙寺僧人，来自吐蕃。

安萨宝：祆教寺住持。

白乐天：即白居易，大诗人，以玄宗和杨贵妃的关系为题材，写下名诗《长恨歌》。

王叔文：顺宗朝宰相。

柳宗元：王叔文的同党，中唐之代表文人。

韩愈：柳宗元同僚，亦为中唐之代表文人。

子英：柳宗元属下。

赤：柳宗元属下。

周明德：方士，督鲁治手下。

督鲁治：来自波斯的咒师。

玄宗时代（七一二一七五六）

阿倍仲麻吕：玄宗时入唐的日本儒生，一生都在唐朝度过。汉名为“晁衡”。

李白：唐朝代表诗人，曾得玄宗宠信后又失势。

玄宗：大唐皇帝，宠爱杨贵妃。

杨贵妃：玄宗爱妃。集玄宗宠爱于一身，因安禄山之乱而死于非命。

高力士：玄宗朝之宦官。

黄鹤：胡人道士。杨贵妃临刑时，提出不同处理建议。

丹龙：黄鹤的弟子。

白龙：黄鹤的弟子。

不空：密宗僧。

第十二章　宴

【一】

橘逸势从方才起就无精打采地喝着葡萄酒。

酒杯是琉璃杯。

他不时地盯着杯内满盛的红色液体，送到唇边，喝下一口后，又望向坐在垆对面的空海。

空海不知是否理解逸势想和他谈话的神情，径自专心沉溺在自己的思考之中。

他几乎未曾碰触过琉璃杯。

此处是胡玉楼——以胡姬招揽客人的妓院。

地上铺着波斯地毯。

壁上挂的画、房内摆的壶，也都来自西域。

琉璃杯——就是从西域运到长安的玻璃杯。

他们和刘云樵会面后，归途中，逸势提议到胡玉楼，空海和逸势现在才会成为座上宾。

大猴在途中和空海、逸势分手，打算去探看丽香暂居的道士家的动静。

"云想衣裳花想容……"空海低声喃喃自语。

这是那日从刘云樵口中听来的诗句。

也就是刘云樵的妻子春琴化为老太婆后，边唱边舞时的诗句之一。

空海将纸搁在垆上，盯着纸看，口中喃喃念着这诗句。

纸张上所写的正是老太婆唱出来的诗句。

空海一旁的玉莲，柔顺地坐着，面带微笑，随声附和空海偶尔回过神来时所说的话语。

方才坐在逸势一旁的牡丹，突然不知想到了什么，一转眼就不见了人影。她离座已有一段时间。

逸势那无精打采的模样，大概和这有关。

"逸势啊，这真是好诗……"

空海陶醉般望着纸片。

这句话，空海已说过三次了。

"我当然知道。"

逸势的回答和前两次一样。

云想衣裳花想容，
春风拂槛露华浓。
若非群玉山头见，
会向瑶台月下逢。

空海方才一直念的诗，是一首歌咏女性容貌的诗。

看到云想到你天衣飘逸，看到花想到你的容貌。

春风吹拂栏杆，降于花上的露珠，又是多么娇艳呀。

这般美丽的人，若不是在群玉山头邂逅，就一定在瑶台月下相逢。

诗句的含义，大致如此。

所谓“群玉山”，是传说中住着美丽仙女的山。“瑶台”也是传说中的宫殿，由五色玉建筑而成，也住着美丽的仙女。

总之，这首诗所歌咏的女性，容貌有如仙女般美丽。

“真是绝妙好词……”空海赞叹。

“什么？”逸势问。

“就是这首诗。”

“怎么个绝妙好词？”

“我说的不是用词巧妙或写得很好。这首诗不是以诗理写出，而是以诗才写出的。”

“诗才？”

“才华洋溢，是汪洋恣肆的才华，是自然而然脱口而出的才华。这般的才华，怕是永不枯竭的。这位才子，大概光是饮个酒或赏个月，就能在一夕之间，如同讲话一般，连续不断写下这样的诗句吧。”

“你赞美得也太过分了。”

“若是普通之才，多少需要些理论，且几杯酒下肚，恐怕就写不出诗了。然而，具有这种才华的人，酒喝得愈多，诗兴愈能源源不断地涌上来。”

“哦。”

“说起来，这像是在酒席之间随兴拈来就写成的一首诗。尤其‘云想衣裳花想容’这句，一般凡才，会不假思索地写成‘衣想云彩容想花’，看到你的衣裳就想到云彩，看到你的容貌就想到花朵。这首诗的作者却轻盈地用成倒装句，‘云想衣裳花想容’——”

“是这样吗？”

“所谓花，指的是牡丹花吧。”空海说。

在空海之后稍晚的时代，日本称“花”，指的就是樱花。在中国的唐朝，“花”则指牡丹花或桃花。

“逸势啊，此人既然能够写下这种诗，就算我们不知道他是何方神圣，也应当有人会知道才对。或许谜底很快就能揭晓了。”

与其说空海是对着逸势说话，毋宁说他是在自言自语。

“话又说回来，空海，牡丹到底跑哪儿去了呢？”

比起这首诗，逸势似乎更在意不见踪影的牡丹。因空海讲到牡丹花的事，他又想起了牡丹。

“牡丹说过，她也许知道作者是谁……”玉莲说。

方才，牡丹看了空海纸上那首诗一眼，若有所思地点头。

“我或许知道作者是谁，我去问问看……”

说毕，牡丹便退出房间。

“你心中有谱吗？”逸势当时问。

她回头说：“有一点儿。”

随即转身就走。

从她离席到现在，已经过了好些时候了。

逸势正闲着无聊，叹了口气。走廊足音逐渐靠近，牡丹进到房内。

“方才的诗，已经知道了。”牡丹明快地说，右手拿着一张纸笺晃动，“这是那首诗的后续部分。”

听到这话，空海眼神里闪烁着光辉。

“这实在太厉害了，让我看一下。”

牡丹边坐到逸势一旁，边答了一声：“好。”

就把那张纸笺递给了空海。

接过纸笺后，空海摊了开来。

逸势从旁探身，凑过头来看。

“清平调词”。

诗题如此写着。

所谓“清平调”，是唐国音乐曲调名。

加上“词”字，大概就是以清平调所唱的歌词。

“这首诗歌全部有三阕，听说空海先生纸上写的是第一阕。这里写的是第二和第三阕。”牡丹说。

“谁帮你写的？”玉莲问道。

“这等一下再说，先请空海先生过目吧。”牡丹也探出身子，望着那张纸笺。

纸上还残留着墨香，端正的字体写着两阕诗。

字体看来很眼熟。

不过，空海无暇去考虑到底是谁的字迹，先念了起来：

清平调词（二）

一枝红艳露凝香，

云雨巫山枉断肠。

借问汉宫谁得似？

可怜飞燕倚新妆。

清平调词（三）

名花倾国两相欢，

长得君王带笑看。

解释春风无限恨，

沉香亭北倚阑干。

纸上是如此的诗。

空海边念边说："逸势，你看这首诗的辞藻多么华丽，到了这种地步，简直可以说是浪费才华。不过，再怎么浪费也不会枯竭，这也是一种才华啊。"

看来空海对这首诗作者的赏识，更胜诗歌本身了。

逸势约略能理解这首诗，因此也能明白空海话中的含义。

"好像诗人的才华，比诗句更打动你。"逸势说。

"也可以这样说。"

"不过，空海啊，你的说法，我听来有些嘲讽的味道。"

"听得出来吗？"

"听得出来。"

"逸势啊，你说得没错。说穿了，这是一首应酬诗。不过，虽为应酬而写，有才华的人写来，就不仅止于此。我本来认为对方浪费才华，事实却又不然。因为无论汲出多少水，才华之泉却永不干涸……"空海一边微笑，一边说着，"真不愧是大唐长安啊！竟然有这样的才子，轻轻松松就能写下如此的诗句。"

逸势对着发出此言的空海说："对了，空海，认为'浪费才华很可惜'的人，可能是因为自己没才华吧？"

"你说呢？"空海虽然无意岔开逸势的话，却还是换了个话题，"牡丹，这是谁的诗呢？"

"听说是个名为李白的人——"牡丹说。

"哦……"空海低声叫道，"原来如此。这是李白翁的诗呀？"

空海一副心领神会的模样，自顾自地点起头来。

当时，李白的诗尚未正式传入日本。

空海入唐时（八〇四），李白业已不在人世。早在此前四十二年（七六二），便在六十二岁时辞世了。

李白这首诗，在日本最早的记载，为宽平年间（八八九—八九八）藤原佐世所撰《日本国见在书目录》中《李白诗歌行三卷》。就算这本书刊行于宽平初年（八八九），此时空海也早已不在人世。

那是空海死后五十四年的事了。

李白死后到空海入唐期间，日本遣唐使船曾两次出使大唐。

这些遣唐使船，多少或曾带了些李白的诗回到日本吧。稀世罕见的大文章家空海，入唐前也因此有可能读过李白的诗。不过，话虽如此，他说什么也不可能读到稍后唐国由魏颢所编纂的《李翰林集》和李阳冰所编的《草堂集》等别集里面的诗文才对。

空海对李白的认识，应该是入唐以后的事。

不过，彼时，李白的诗文尚未编纂成册，无怪乎空海不曾读过这阕《清平调词》。

但是，关于诗人李白的评论，他应该有所耳闻了，譬如杜甫《饮中八仙歌》中所记载的：

“李白斗酒诗百篇，长安市上酒家眠。天子呼来不上船，自称臣是酒中仙。”

这样的文史知识，空海应该也有吧。

“原来如此，若是谪仙的诗，也就无怪乎了。”

空海望着纸张说。

谪仙，也就是被贬下凡的天上仙人。

这是贺知章对李白诗才的惊叹，将李白誉为“谪仙”，因而有此称呼。

“到底谁告诉牡丹这首诗的呢？”空海问。

“是白官人。”牡丹答道。

“哎呀！就是上次提到的白官人吗？”玉莲恍然大悟。

“白官人？上次你们拿他的诗给我看的那位吗？”空海问。

不久之前，空海和逸势来到胡玉楼时，听玉莲和牡丹谈起有位客人，经常要玉莲准备笔墨，以备写下像是诗的东西。

这位客人，姓白。

空海见过这位白姓客人所丢弃的纸张，纸张上写着诗文。

那可能是某长诗的起首，光看那几行，就可推测作者怀着满腔热情，绞尽脑汁想要完成这首尚未写成的诗。

“是啊。”牡丹点点头。

“原来如此，难怪觉得眼熟。”空海露出“若是这人会背诵李白的诗也不奇怪”的表情，喃喃自语。

“我看到这首诗时，想到或许白官人知道——”牡丹开朗地说，“刚好白官人要回去了，在他离去之前，我赶着把空海先生那首诗拿给他看。结果……”

接着，牡丹嗓音一变，模仿白官人的口气说道：“啊，这是李白翁的《清平调词》。”

“白官人，整首诗您都知道吗？”牡丹问道。

“知道。”

于是，牡丹就准备笔墨拜托如此回答的白官人，写下方才的诗。

“那么，白官人呢？”空海问。

“写完后就离去了。说是要到某处——”

“问过他这首诗是何时写的吗？”

“对不起。我漫不经心，并没想到……”

“没关系，牡丹。只要能知道是李白的《清平调词》，就十分感激了。其他的事，我想可以自己去调查。”

“空海先生感到开心，我也觉得很高兴——”

“你们说过白官人是一名官员。”

“是的。”

“大名是什么呢？”

“居易。姓白名居易。”

“白居易……”空海喃喃说道。

白居易，字乐天。

一年后，白居易以“白乐天”之名，发表长诗《长恨歌》，在长安诗坛声名大噪。

不过，此时的“白乐天”还只是个名为“白居易”、默默无闻的小官吏。

同时，空海也只是从东海小国——倭国来此的无名留学僧。

“汉皇重色思倾国”。

空海看过这首诗的第一行，正是题为“长恨歌”，描述玄宗和杨贵妃爱恨故事的起首句，但空海还不知道此事。

白乐天，时年三十四岁。

沙门空海，时年三十二岁。

白乐天还是个把《长恨歌》构思深藏内心，正想一展才华于世人面前的无名青年。

而空海，也还是个念想理解宇宙之法，而来到长安的无名沙门。

不久之后，空海带回日本国的密宗体系，将成为日后改变日本宗教史的强大力量，这是当时在场的逸势连做梦也料想不到的事。

只有空海，把这野心暗藏在自己心中……

【二】

“我要到马嵬驿。”翌日清晨，空海如此说。

“为何突然要去？”逸势大吃一惊。

逸势知道空海昨晚灯火未熄，不知彻夜在查些什么。

昨天晚上，空海和逸势知道《清平调词》的作者是李白后，早早就步出胡玉楼。

空海就此和逸势告别。

“我想去找些东西。”空海如此告诉逸势后，就不见了踪影。

等到空海回来时，已是傍晚时分。

正是暮鼓乍响，坊门即将关闭之时。

从外头归来的空海，胸怀鼓鼓地站在逸势面前。

仔细一看，原来空海衣怀中藏了不少文卷。

“怎么了？”逸势问。

“借来的。”空海轻松回道。

“借来的？”

“待会儿我得好好读读这些文卷。”

“全部吗？”

“全部。”

说完，空海饭也不吃，就躲到房里开始读了起来。

逸势就寝时，空海还在一旁的灯下翻读。

翌日清晨，逸势醒来时，空海早已不在房内。

他的床铺，也不像有人睡过的样子。

逸势走到房外，发现空海人在庭院里。

他站在牡丹丛中，正伸出手罩在其中的一株牡丹上。

太阳正从地平线上露出脸来，虽是晴空万里，阳光却还未洒进庭院。

寂静的夜气，仍然残留在庭院里。

逸势便是在庭院中发现了空海的身姿。

“空海——”逸势唤道，“你一夜未睡吗？”

“是啊，没睡。”

空海的声音清朗，完全听不出终夜未眠的样子。

“为什么不睡呢？”逸势走近空海。

“因为要读那些文卷。”

“读到天亮了吗？”

“读到天亮。”空海回答得很干脆。

“你有些地方，真的不像一般人。”逸势目瞪口呆。

接着，空海就说出“要到马嵬驿”的话了。

“不过，空海啊，马嵬驿离长安不是还有一段距离吗？”

“的确如此。”

马嵬驿是位于长安之西约莫八十公里处的小镇。

与其说是小镇，不如说是村落。

空海为何要跑到那里去呢?

因此，逸势才会问“为何突然要去”。

“昨晚读了那些文卷，突然心血来潮——”空海说。

“文卷吗？我想起来了，李白翁的诗文集也混在其中——”

“李白这人简直是个鬼才。他的才气如狂流奔放，四处横溢，毫不吝惜。昨夜真是太兴奋了。不过，我不止读了这些。”

“还读了其他？”

“嗯。”

逸势以惊叹的眼神看着如此回答的空海，因为空海好像真的在一夜之间读完了全部文卷。

“发现什么了吗？”

“与其说发现，不如说是明白。”

“明白？”

“所以才会想到马嵬驿。”

“喂，喂，空海，快告诉我到底明白了什么？”

“就是《清平调词》的事。”

“什么？”

“我已经明白那首诗是在何种情况写下来的。”

“听说是为玄宗皇帝和杨贵妃所写的。”

“正是。逸势，你听好——”

空海开始叙述。

李白在天宝二年（七四三）写下《清平调词》，也就是空海入唐前六十一年。

李白，时年四十三岁。

玄宗皇帝，时年五十九岁。

杨贵妃，时年二十五岁。

那正是长安城最为繁华之时。

道士吴筠推荐李白到长安，是前一年的事。

那也是杨贵妃集玄宗宠爱于一身的第三年。

那年春天，玄宗带着杨贵妃，到兴庆宫内东池之东的沉香亭。

沉香亭是出了名的牡丹胜地。玄宗打算和杨贵妃一起赏牡丹，而行幸至该地。

随侍同往的还有宫中乐坊。玄宗从乐坊中挑选出最优秀的梨园子弟，计有宫乐十六部，在沉香亭举行了宴会。

歌者是当时第一高手李龟年。

李龟年手持檀板，正要开口吟唱时，玄宗却伸手阻止了他：

“在佳人之前，欣赏着如此美丽的花朵，何以尽唱些陈旧的老歌呢？”

总之，玄宗的意思，是要众人为杨贵妃写下新歌词在此高唱，这宴会才显得出价值来。

这当是脱口而出的即兴之言。

然而，脱口而出也罢，即兴之言也罢，这可是出自皇帝的金口。

于是，李白奉诏觐见。

也因此，那位还在宿醉昏睡中的诗人，如此这般突然就被召进宴会来了。

李白的才华，充分满足了皇帝的即兴之言。

对这位天才诗人而言，这不过是即兴游乐而已。

然而，在这即兴游乐里，李白却将自己的才华发挥得淋漓尽致。

“可以先给我一斗酒吗？”

急忙赶来的李白，大概先说出如此的话吧。

在皇帝和贵妃面前，李白悠然地喝下了一斗酒。

其间，李白的诗句便已构思好了。

虽说构思，也只是开头的一两行。

只要构思出起首一两行，其他的就无所拘束了。

一斗，就是十升。

喝完酒抬起头时，李白已经构思完成。

这时候，墨已磨好，笔也准备好了。

李白自信满满，左手持金花笺，右手握笔，不假思索，即席写下了三阕诗。几乎是一气呵成。

当时写下的，就是三阕《清平调词》。

李龟年就着新词，吟唱出这首歌。

杨贵妃的美丽，雍容华贵地表现在才华洋溢的歌词之中。

这真是天才诗人李白大展身手的时刻。

不过，李白后来却也因这组诗而被逐出长安。

这位临时加入宴会的李白，自来到长安之后，很快就博得玄宗的优待。但是，有人对此事却感到很没趣。

此人正是高力士。

高力士是玄宗极为宠信的宦官。

沉香亭宴会上，李白借着醉意，要高力士替他脱靴子，且是在玄宗眼前。

这也是原因之一。

高力士后来曾批判这位天才诗人的《清平调词》。他说：“这组诗中，李白将杨贵妃比拟为出生贫贱，最后沦为平民还自我了断生命的赵飞燕。根本是有意轻蔑贵妃……”

这当然是“莫须有”的罪名。

然而，正因为这莫须有的罪名，李白被赐黄金后，随即被驱逐出长安。

那是天宝三年——就是李白写下《清平调词》翌年的事。

空海简短地把事情的前后对逸势叙述了一下。

“原来……”逸势似懂非懂地答道，“但是，空海啊，虽然李白翁的事情明白了，这和马嵬驿又有什么关系呢？”

空海只是意味深长地微笑着。

“喂，空海，到底怎么回事？不要卖关子，赶快告诉我啦。”

空海再度朝着逸势露出微笑，然后说道：“逸势，因为杨贵妃的坟墓就在马嵬驿啊！”

第十三章　马嵬驿

【一】

春天的原野。大地萌生一片淡绿。

大地之中，到底有多少力量在沉睡着呢？

这股力量，每天都从大地表面渗出，且以淡绿的姿态呈现出来。

街道两旁，种着柳树。柳枝迎风摇曳。

春天已经到来。

吹过原野的风，带着青草的芳香。

街道两旁，也夹植着桃树。那艳丽的桃色，让空海和逸势百看不厌。

两人徒步而行。

离开长安，这已经是第二天了。

空海和逸势，目前来到距离马嵬驿还有一里[1]的地方。

马嵬驿有杨贵妃的坟墓。

1　一里，五百米。

杨贵妃，姓杨名玉环。

杨玉环出生于唐开元七年（七一九），为蜀州司户杨玄琰的幺女。自幼父亲就去世，过继给叔父杨玄璬当养女。

开元二十二年，十六岁之时，成为当时玄宗皇帝第十八皇子寿王李瑁的妃子。开元二十八年，二十二岁之时，受玄宗皇帝宠召。

对李瑁而言，亲生的父皇玄宗横刀夺走自己的妻子。

那时，玄宗已五十六岁。

玄宗对于抢夺儿媳妇这事，大概也有些顾忌吧，因此曾经让玉环出家为“女冠”[1]，暂且远离世俗，并赐名“太真”。把玉环召进宫中，则是三年之后，天宝二年的事。

天宝四年（七四五），二十七岁的玉环，正式受封为贵妃。

已厌倦政事的玄宗，一颗心早已被玉环——杨贵妃所夺，唤贵妃为“娘子”，给予她相当于皇后的待遇及权力。

受到如此待遇的，不止玉环本人。

杨氏一门都名列高官，并与皇族通婚。三个姊姊，分别受封为韩国、虢国、秦国夫人，族兄杨钊则被赐名为“国忠”。

这位堂兄杨国忠，发挥了本身的财务禀赋，在宰相李林甫死后，握有宰相实权。

杨氏的大宅邸，墙瓦连接，竞相奢华。跟随行幸之时，各家衣饰齐一，组成惹人注目的显赫队伍。

杨氏女眷，穿着华丽的胡风长裤裙，脚履西域长靴，策马而行。

杨氏一门的荣华富贵，引来许多人的反感。

1　女冠，女道士。

为了能在宫廷中生存下去的权力斗争，原本就是超乎常人想象地可怕和阴湿。失败者的命运，重者抄家灭族，轻者贬谪至荒僻边地，一般也会由贵族降为平民。

权力斗争毫无止境，没有所谓“到此为止”的说法。

与其说是对于权力的欲望，不如说是一旦踏入其中，为保住身家性命，便不得不往权力更高处攀爬。

玉环也一样，若不以整个家族来巩固自己的势力，便很可能保不住命了。

人们很容易因为流言或中伤，就被诛杀。

杨贵妃的敌人，首当其冲的就是宫中受皇帝恩宠的妃嫔们。

不少妃嫔，因为和玉环争宠失利而被杀。

为了避免失败者的族人心生怨恨而留下祸根，一旦说“杀”，就是抄家灭族，不留余口。

杨氏一门，便是在如此这般的权力斗争中脱颖而出，步步高升。

玄宗沉溺于杨贵妃的美色，给予杨氏一门过高的权力。

为政者的眼睛已被蒙蔽，周围充满了不满之声。

结果，一个名叫“安禄山”的男人出现了。

他非汉人，是粟特人（Sogdian）父亲和突厥人母亲所生下的胡人——杂种胡。

安禄山担任镇守北方边境的节度使时，因平定边境之乱，武名逐渐威扬，最后成为杨贵妃的养子。后与杨贵妃的堂兄杨国忠合谋，打倒了当时的掌权者李林甫。

之后，却又与继任成为宰相的杨国忠反目成仇。

为此，安禄山于天宝十四年（七五五）举兵叛变。这正是后人所说的“安史之乱”。

最后，安禄山攻陷大唐帝国的东都洛阳。他在洛阳建都，而于天宝十五年（七五六），自称大燕皇帝，改年号为圣武。

安禄山势如破竹地击败唐军，六月，哥舒翰所率的二十万六千名唐军，竟也被安禄山击溃。

长安陷入一片混乱。

大街上到处是为了躲避战火，卷藏细软、携家带眷逃亡的人。

最后，玄宗皇帝也决定同朝臣、皇族等逃离长安，前往蜀地。

陪同玄宗的，以宰相杨国忠、杨贵妃为首，还有亲王、妃嫔、公主、皇孙、近卫军等，约三千人。

趁着天尚未亮之际，一行人由延秋门离开长安。

此日，天降微雨。

一行人越过渭水，来到咸阳的望贤驿。

此时，玄宗只能以粗糙的胡饼果腹。

那日，许多百姓知道皇宫已是人去楼空，遂蜂拥而至，抢夺金银财宝，还放火烧掉了宫殿。

玄宗一行人，在小雨纷飞、夏日的荒郊野外走着。荒野之中，烟雨蒙蒙，汉代王公诸侯的陵墓，稀稀落落地分散其间。

一行人抵达马嵬驿，已是翌日傍晚。

所到之地，当地的县令和百姓几乎都已逃逸。马嵬驿也不例外。

粮食已罄。

途中也有臣子和士兵脱逃，根本无法统御。

饥饿和不安，让士兵们群起鼓噪了起来。

“杨国忠昏庸误国！”有人持如此论调。

宰相杨国忠若能与安禄山和睦相处，也不会发生这种事。

“杨贵妃狐媚惑君！”也有人如此主张。

因那个女人蛊惑了英君，皇帝才怠忽国政。

附和的意见，此起彼伏。

“杨国忠该死！”不知谁起头喊叫。

“杨贵妃该死！”不知谁随后喊叫。

“杨氏一门，都该诛杀！”

以护卫身份随侍的龙武将军陈玄礼及士兵们，也异口同声地呐喊呼叫。

哗变了！

士兵们立刻行动，想诛杀杨氏一门。

杨国忠及其家族。

杨贵妃的三个姊姊。

玄宗皇帝和杨贵妃，从驿馆窗户目睹了这一切。

杨贵妃亲眼看见锋利的枪尖贯穿了自己堂兄和姊姊们的脖子，他们的头颅被高高地举了起来。

“只剩一个祸根，就在驿馆之中。”

陈玄礼站在门前高声喊叫。

祸根，指的就是杨贵妃。

杨贵妃可说有罪，也可说无罪。

因为有杨贵妃，杨国忠及其一族才会飞黄腾达。

但此时的局势，紧迫得根本也无从追究原因和判断是非善恶了。

陈玄礼已经斩杀杨氏一门。

玄宗若饶了杨贵妃，她就会成为留在皇帝身旁唯一的活口。很明显，杨贵妃不久将会找上不共戴天的仇敌陈玄礼复仇。

对于陈玄礼而言，除了将杨氏一门斩草除根之外，自己将别无活路。

答案只有一个。

玄宗终于下令宦官高力士处死杨贵妃。

高力士带着杨贵妃来到驿馆中庭的小佛堂前，以一条布巾缠在贵妃的粉颈上绞死了她。

陈玄礼确认尸体无误后，士兵们方才有如吃下定心丸般平静了下来。

贵妃的尸体，就埋葬在离驿馆不远处的原野。

据说是在入蜀街道不远处的一个小山丘脚下。

之后，玄宗平安抵达蜀地，在那里住了一年有余。

安禄山则在洛阳失明，且为毒疮所苦。

爱妾段氏此时为他产下一子。安禄山想废太子庆绪，改立亲生子，此事被庆绪得知，安禄山反被庆绪杀害。

《新唐书》曾有如下记载：

> 是夜，庄、庆绪，持兵扈门，猪儿入帐下，以大刀砍其腹。禄山盲，扪配刀不得，振幄柱呼曰："是家贼！"俄而肠溃于床，即死。年五十余。
>
> 玄宗于至德二年（七五七）十一月，重返长安。

据说，玄宗一回到京师，就想改葬贵妃，后因周围臣下反对始作罢。

以上是空海从相关史书中所耙梳得到的知识。

马嵬驿就要到了。

【二】

“空海哦，”逸势向走在身旁的空海说，“不知她幸福吗？”语气一反常态，感慨万千。

“谁啊？”空海问道。

他边走边眺望原野上淡淡的一片绿。

“我是说贵妃杨玉环。”

一路上，空海把自己调查所得告知逸势。对于这段故事，逸势好像很有感触。

“到底如何，我也不知道。”

“说到贵妃，她可说享尽人间的荣华富贵了吧？”

“嗯。”

“不过，那般死法实在叫人……”

“若不是那般死法，你又感觉如何呢？”空海反问。

“嗯……”逸势歪着头，短暂沉默后喃喃自语，“我终究还是不懂，毕竟不是自己的事。我有时连自己的事都不懂，更何况是身份不同，而且还不是男人的女人，真的是不懂！”

“是吗？”

“对了，空海。在故乡时，我认为自己是个不幸的人，老是满怀不平和不满。一方面，我迫切希望自己的才华能够广为人知；另一方面，却又认为这个世界上根本没有人能够真正理解我的才华。”

“……”

“在故乡，我是不幸的……”

“……”

"来此之前，我还在想，大唐的话，或许有人能理解我的才华，没想到来后一看，只令我更加感到自身的卑微而已。像我这般才华的人，此地多得无以计数。如今，我最思念的，竟是曾让我以为陷我于不幸境地的日本了。不过，若问我现在不幸与否……"

"如何呢？"

"我也搞不太清楚。"

"……"

"虽然不清楚，不过，空海啊，能够认识你，我真的觉得很好。至少知道有你这样的人存在，或许可以说比那时候更幸福。"

"……"

"我是这么想的，空海。贵妃既是幸福的，也是不幸的。其实，幸与不幸不是一直存在于每个人身上吗？以钱财之事来思考，就可以明白。有钱固然可以免除生活的劳苦，却得担心钱财的遗失。有个心仪女子陪伴身旁固然可喜，却得苦恼不知哪一方会移情别恋。"

"嗯。"

"不管是谁的一生，到底幸还是不幸，实在很难说得清楚啊。"

与其说逸势对着空海说话，不如说是自言自语。

"纵然如此，人们还是会去设想幸或不幸的问题。"

"杨贵妃吗？"

"嗯。"

点过头后，逸势就默不作声了。

两人无言地走在春天的原野上。

"喂，逸势！"空海叫住逸势，"或许你是超越我很多的好男人呢。"

"空海，我觉得你好像在说我是傻瓜。"

"不，不。我是真心的。"

"好男人吗？"

"嗯。"

"可以单纯地为这话而高兴吗？"

"可以。你真是个好男人。"

逸势忽然露出小孩般腼腆的表情，一本正经地说："别说了，空海。"

接着，他深深地吸进一口气，再铭感五内地吐出。

"已经够开心了。"

【三】

山坡出乎意料地陡峭。

坡地的土被挖成阶梯状，为了防止雨水冲走阶梯，以圆木顶住阶梯。

不过，一半以上的阶梯都已倾圮。雨水把土和圆木都冲毁了。

空海和逸势顺着坡路爬上去。

那是一片槐树林。

随着阶梯的攀高，空海和逸势的上方尽是刚刚萌出的淡淡新绿。

午后的阳光照射在这一大片新绿上，闪耀着光芒。

他们就走在从枝叶间穿射过来的阳光之下。

"虽说是贵妃的坟墓，倒也没什么特别的排场啊。"逸势说。

从此处开始，山路更加陡峭。

以“祸根”之名被杀的贵妃，坟墓当然不会多豪华。

途中，逸势突然停住脚步，望向一旁的空海，低声说：“喂，你听到没？”

不用说，那声音当然也传到空海的耳里了。

是人声。

男人的声音——仿佛念经般的低微声音。

声音从山坡上方断断续续地传了过来。

“是人的声音。”

“啊，没错。”空海答道。

听起来像是什么诗句。山坡上应该有个男人在吟诗。然而，那声音很低微，不像在吟唱，而且断断续续，所念的也不是固定的诗句。

有时候反反复复，同样的字句再三重复。

总觉得是有些耳熟的诗句。

“汉皇重色思倾国，御宇多年求不得。”

空海一边倾听那声音，一边徐徐地往前走。

逸势紧跟在后头。

两人爬上坡。虽说坡上，却非坡顶，而是山坡中途。

那儿有块砍除树木整理过后的小空地。

空地正中央，立了块石碑。

黝黑的花岗岩墓碑上刻着——“杨贵妃墓”。

墓碑前，站了一个男人。

那男人时而凝视墓碑，时而环视四周槐树枝梢，口中念诵着诗句。

他似乎没察觉到空海和逸势的身影。

穿过槐树枝梢的光影，对半洒落在空地。

男人以手紧贴墓碑，仿佛在爱抚挚爱的人一般，又好像在玩味着那种感触。

坟墓一旁，有块大岩石，露出地面。

男人可能累了，坐在石头上，凝视着坟墓，深深地叹了一口气。一种既非哀痛也非悲伤的深刻苦闷表情，浮现在男人脸上。

这时，正好有天光树影洒落到男人脸上。刹那间，男人看起来竟像是在哭泣了。

男人当然不是在哭泣。

空海和逸势情不自禁地站在男人看不见的槐树后方默默地注视着。

不久，男人又缓缓地像是念经般低声吟唱起那诗句来了：

“汉皇重色思倾国，御宇多年求不得。”

这时，空海从树干后方走了出来。

“杨家有女初长成。”空海念出该诗的续句，朝那男人走去。

男人惊讶地抬起头来，直望着空海。

“养在深闺人未识……”空海接念道。

“天生丽质难自弃……”男人喃喃出口。

他紧盯着眼前的空海问道：“你怎么会知道呢？你方才脱口而出的诗句，那是……”

“那是一首尚未完成的诗？”

“是的。正是如此。”

“您在此不断反复自语，谁都可以记住了。”

“我还以为不会有人来这里。”

男人皮肤白皙，神情有些憔悴。

容貌及体格稍显瘦弱。黑色瞳孔看似即将崩溃。

然而，从他双唇的形状看来，他内心深处似乎隐含着一股强硬的精神。

“真是失礼，打扰您了吧，白官人？”

“咦？怎么连在下的姓氏都知道呢？”

“让您受惊，真是抱歉。我是从胡玉楼玉莲姑娘口中得知尊姓大名的。听说您经常跟胡玉楼索取笔墨，书写诗句。前些日子，我还拜读了您写坏丢在房内的诗句。正是白官人现在所吟咏的。”

“哦……”

“请容在下自我介绍，敝人是从倭国来的留学僧空海。”

“就是治好玉莲手腕的那一位吗？”

“正是。”

“我曾从玉莲口中听说你的事情。话说回来，你的汉语讲得真好，来大唐很久了吗？”

“不，只有七个来月。”

“你的汉语，讲得就和我们一样。”

“这是我友人橘逸势，也是从倭国来的留学生。”

“在下姓白，白居易。”

“我们还读过您的另一首诗。是以‘白乐天’之名所写的《西明寺牡丹花时忆元九》。”空海说出诗名。

“那一首也读过吗？”

“我和逸势目前住在西明寺。”

“原来是志明。西明寺的志明拿给你们看的吧？”

“是的。”空海点点头。

白居易叹了口气，仰首望天，好像在思索什么。

空海和逸势默默地等待白乐天开口，不过他并未说出叹气的理由，反而把话吞进肚子里去了。

“不过，从倭国来的人为何跑到这种地方来呢？”白乐天回过神来问道。

“只是突然想看看昔日佳人的墓地。”

“说是昔日，也仅是四十九年前的事情而已。”

诚如白乐天所言，杨贵妃埋葬于此地已经过了四十九年的岁月了。

无论是空海还是逸势，对唐玄宗和杨贵妃也有大略的认识。

“说实话，是向您请教李白翁《清平调词》的缘故。读过那首诗后，才突然想到这里来的。”

“哦……”

“乐天先生，那您又为何来到这里呢？两天前的夜晚，不是和我们一样还在胡玉楼吗？”

“同样的理由。”

“同样的理由？”

“我也是看了你们给我的《清平调词》，想起了杨贵妃，才突然想到这里的。身为秘书省的一名小官吏，只要不汲汲于名利，其实是可以偷闲到处游逛的。”

“您对杨贵妃原本就很感兴趣？”

“我对她有某些想法，所以经常像今天这样，到和杨贵妃有关联的地方走走。你们对玄宗和贵妃的故事也感兴趣？”

“是的。”空海答道。白乐天又深深地叹了一口气。

“或许因为一切都已成为往事了，世间仿佛都想把他们的故事美化成一段凄美的恋情。”

“的确如此。”

“然而，事实与世间看法有些出入。不，压根儿并非如此。”白乐天突然提高音量。

他似乎隐藏不住内心那股无以名状的亢奋。

“并非如此！”白乐天说。

“什么并非如此？”

“他们之间的恋情，或许是一段悲恋，却一点儿也不美。说到美，项羽在穷途末路，手刃虞美人，那才真是美。那段恋情，有自刃般的哀切感，有果断的美。我可以理解当项羽手刃虞美人时，那种亲手挖出自己的肠子，宛如喷火一般的哀痛和苦闷。正因为项羽当时已视死如归，才做得出来吧。不过……”

“您是想说，您不了解贵妃和玄宗之间所发生的事吗？”空海问。

诗人微微摇头：“不是的。项羽和虞美人之间的美，在当时已绚丽地完结了。也可以说，两人的恋情，本身就已经是一首诗了。”

“……”

“那段恋情，没有我置喙的余地。”

“若是贵妃和玄宗的故事呢？”

“或许还有我登场的机会。玄宗在不得不杀死贵妃时，既慌张又万分犹豫，手足无措地替贵妃辩护，结果，你们知道吗？最后，他竟只是为了保住自身性命。换句话说，为了自保而答应处死贵妃。而且，也无法像项羽般亲自动手，而是交给宦官高力士行刑。这是多么可笑，又是多么让人不忍卒睹……”

“……”

“不过，我却很喜欢这其中所显现的人性。我很在意他们的恋情。我想，在两人的故事中，或许有我登场的机会。不，肯定有。在我心中，在我脑海里，确实有这个把握。确实得近乎痛苦……”诗人的声音，愈来愈大了，“只是，我却无法以文字来表现出来。我不知道该如何去叙述这个故事。”

“您是想把贵妃和玄宗的故事写成诗吗？”空海如此一问，白乐天突然闭口不语。

他的神情变得平静许多了。

“啊，好像说得太多了。”白乐天恢复一本正经的神色，站起身子。

“请留步，乐天先生。若您不急着走，我还有事想请教。”

“什么事？”

“贵妃被高力士绞杀时，缠住她脖子的是什么布呢？”

“绢布。”白乐天说。

“绢布？！”逸势大叫。

“也有人说是漂白布，可我相信绢布的说法。但是，绢布又如何呢？”

“还有一件事想请教您。李白翁的《清平调词》，当时贵妃真的编演成舞了吗？”

“我当然不曾眼见，但想来应该如此。”白乐天说。

“什么舞呢？”

“不清楚。”

白乐天说完后，露出纳闷的表情，看着空海和逸势。

“你们好像知道一些我不知道的事。”

“若是时间许可，还有很多事想和您谈，不知您今夜住在何处？”

“马嵬驿的客栈。”

“我们也住那里，那些话就留在今夜谈，如何？”

“一言为定。”

“还有，乐天先生，您坐的这块石头，以前就在这里了吗？”

“对，去年我也来过，三月和五月各一次，这块石头好像就在这里了。啊，不过，对了，那时候石头好像更低些。这次坐起来不太一样。”

“说是石头更低，不如说是地面比以往更高些了吧？”空海指着石头周围的地面。

“您不觉得这块石头周围，也就是说，贵妃坟墓周围的泥土颜色，和其他地方有些不同？”

“原来如此，这么一说，倒确实如此。”

“空海啊，你到底想说什么呢？”逸势问道。

“我想说的是，乐天先生去年五月来过之后，或许有盗墓贼之流来挖掘过贵妃的墓。”

“什么？！”

“那时候所挖出来的，正是这些颜色有些不同的土吧。”

“怎么可能？”

“我也觉得不可能。半信半疑跑来一看，果然如此，看样子，盗墓这件事，好像应该明确地列入考虑中了。”

“你在说些什么啊，空海？”

空海像是听见逸势的话，又像没听见。

他一会儿触摸墓碑，一会儿又绕墓周而走，还趴到地面以手摸地，再独自点点头，叹了一口气。

白乐天和逸势在一旁盯着空海看。

不久，空海走回两人身边。

“我决定了。”空海说。

“决定了？”

“嗯。今夜要来这里挖挖看。”

“你是说要来挖？！”

“要来挖？！”

逸势和白乐天同时冲口而出。

“要挖！”

“若被发现，可不得了。”

“不会被发现的。”空海若无其事地说，“纵使被发现，我们也有个冠冕堂皇的名义。”

“什么名义？”

“为了‘守护天子’这个名义。”空海转过头问白乐天，“乐天先生，您今夜是否也一起来呢？”

“一起来挖墓吗？”

“是的。至今为止的细节，今晚用餐时，我会慢慢向您说明。若您对此事感兴趣，今夜也一起来，如何？”空海说。

“明白了。总之，先听听你的说法，之后再做打算吧。”

“喂，空海，我……”逸势开口想说话，却又觉得说了也是白说，于是又闭上了嘴巴，“随你吧！反正，空海，我不管了。不论发生什么事，我真的都不管你了！”

【四】

空海、橘逸势和白乐天三人，走出马嵬驿客栈，已是更深人静之时。

月夜。

绮美的半轮明月，高挂空中。

有风在吹。

飘在天空的云朵随风东行。

月亮时而隐没云中，时而露脸而出。看上去仿若空中群魔，陆陆续续吞噬云朵，又再吐出来一般。

三人顺着街道往西走 。

风比白昼时更冷。

他们肩上，各自背着向附近农民借来的铁锹。

月光下，道路非常明亮。

“喂，空海。”逸势的声音，不知是否因为太兴奋，略带颤抖，“你当真要挖墓吗？”

“当真。”空海满不在乎地答道。

空海身旁的白乐天，其紧张程度更在逸势之上。

白乐天——白居易，身为一名官吏——秘书省的官吏。

这官吏，竟准备去挖掘贵妃的坟墓。

若被发现，可是要被斩首的。

白乐天之所以跟来，是因为听了空海一席话，产生某种禁不住的好奇。

刘云樵宅邸妖怪的事。

徐文强棉田里的暗夜怪声。

而且，两者之间似乎有某种关联。

刘云樵宅邸的妖猫，预言德宗皇帝的死期；徐文强棉田里的怪声，则预言太子李诵病倒之日。

而且，两个预言果真都灵验了。

另外，据说被妖猫附身的刘云樵妻子，一边口中念唱着《清平调词》，一边起弄着和杨贵妃相似的舞曲。

“这是绢布哟。我要用这绢布把你勒死。绢布很牢固的。”妻子对丈夫刘云樵说出这样的话。

“你该不会说，日后一定会把我挖掘出来，却把我埋在土里几十年也不理我吧！”

隐藏在这些事里的秘密。

《清平调词》和舞蹈。

以绢布勒住脖子。

女人好像被埋了起来。

不管哪件事，和杨贵妃都有关系。

两人都对以上这些疑问，充满好奇心。

但不知白乐天是否唯恐那种好奇心会让自己的表情显得垂涎三尺，因而特地绷紧脸，不露声色。

尽管如此，白乐天这男人，对于这种事——深夜盗挖佳人坟墓的行为，在内心深处，却好像很感兴趣。

白乐天想参与这次行动的另一个理由，在于空海的存在。

对于这个倭国留学僧，白乐天有种奇妙的兴趣。好像让磁场给吸引住了，他情不自禁就接受了空海的邀约。

不过，他知道自己身为官吏的立场。虽说出于好奇心，他也很清楚，今晚所要做的，将是多么无法无天的大事。两种心思持续在心中翻搅，以致白乐天内心充满紧张。

“现在，我已经知道你到马嵬驿察看贵妃坟墓的目的了。可是，真的非这样做不可吗？”逸势问。

“虽然并不是非这样不可，”空海答道，“但事情到此地步，也就不可不做了。”

空海说这话时，三人刚好来到贵妃坟墓的山丘之前。

【五】

从下往上看，夜空中，风吹得槐树枝叶沙沙作响。

“嗯嗯。”逸势忍不住出声。

“害怕吗，逸势？”空海以倭语问道。

“不怕。”逸势带点怒意回答，“只是觉得有点儿不舒服。”

“喂，你们说的是倭语呀。”

逸势刚说毕，登山口附近一棵槐树下，跑出一名汉子来。

接着，后方又出现了两个。

三名汉子挡在空海三人面前。

他们的身手看来颇为矫捷。

每人腰间都挂着一把剑。

看上去不像士兵，也不像衙役。

倒像是聚集在酒楼的无赖、流氓之类。

“你是西明寺的空海，你是橘逸势吧？”其中一人瞪着空海和逸势说道，那人望着空海一行手中的铁锹，“拿锹想干什么？难不成要盗墓吗？”

“还有一个。这家伙怎么看都像是唐人。”另一人如此说，还往地面上啐了一口痰。

“有何贵干呢？”空海毫不畏惧地以流利的汉语问道。

“想给你们一点儿苦头吃呀！”其中一人拔出腰剑，另外两人也相继拔了出来。

钢刃映射着月光，发出冷冽的亮光。

逸势忍住脱口而出的话，拔出腰间的短刀。

这是他从倭国带来，一直随身携带的武器。

“不想活了吗？你竟敢亮家伙，给我安分点儿！断只手、断只脚也就算啦，要不，连命都会不保！”

“这些人是玩真的。小心点儿，逸势！”空海说。

“你们想对我家主人怎样呢？”汉子后方传来另一个声音。

汉子们吓得往后一退。

“谁？！”

一个巨大的人影，从天而降般挡住月光。

站在汉子们后方的，是个令人心惊的彪形大汉。

“大猴！”逸势大叫。

出现的这人，将蓬发随意往后一束，正是理应人在长安的大猴。

“空海先生，可以干掉这些家伙吗？”大猴问。

“可以，不过，给我留下一个问话的活口。”空海话才说完，大猴立刻朝最近的一人冲过去。

那人惊慌地举剑朝大猴砍过去，大猴伸出右手顶住。

“铿！”一声金石交碰声响起。

大猴右手握着石头挡住剑，并以左手抓住对手右腕，再用右手中的石头，猛朝那人脸颊狠命殴击。

那人哼都没哼一声，就跌落在大猴脚边。

大猴左手则已抓住那人手中的剑。

“你、你……”剩下的两人瞪着大猴，摆好架势，围绕大猴伺机而动。

“接着，谁要上来呢？”大猴气都不喘一下，对着两人叫道。

“若不上来，就由我来挑了。”大猴刚跨出脚步，两人仿若受到引诱一般，从左右两方扑袭过来。

大猴毫不费力地把石头“唰”的一声砸向右方的汉子。

比常人拳头还大上一圈的石头，砸落对手的剑，直接击中那汉子的脸。

声音响处，汉子应声倒地。

大猴再以手中的剑，架开另一名对手砍过来的剑。明明看起来不很用力，被顶架的剑却猛然飞向一旁，那汉子的身体踉跄了一下。

大猴趁机伸出左手，握住他的脖子。

汉子双手抓住大猴左手，使尽气力，却是怎么也无法扯下大猴那只手。

“不坏嘛，看来可以问话的人，应该就是你了。”

这时，汉子陷入双脚几乎悬空而起、只有脚趾堪堪触地的困境。他看似无法呼吸，脸庞立刻涨红起来，双眼几乎就要凸出来了。

大猴把汉子双脚放在地上，手稍稍放松，那汉子连忙大口猛呼吸。

“真亏了你，大猴。”空海说。

“大猴，你好厉害！”逸势宛如自己在打斗一般，喘着气赞叹叫道。

“你们认识吗？”白乐天松了一口气说。

“他叫大猴。等一下再介绍。这件事，大猴帮了许多忙。”

“持械相斗这种事，我完全不在行。一时之间，还真不知该如何是好。”白乐天低头看着倒在地上，奄奄一息的两个汉子。

一个下巴已被砸碎，一个是整个鼻子塌了下去，前排牙齿近半都已断落。

“这两个家伙，应该不会马上醒过来。”大猴说。

“大猴，你怎么跑到这里来了呢？”空海问。

“两天前近中午时分，就是空海先生离开长安那天，我又跑到那道士家门前守着，这群人正好进入道士家中。”

“哦？”

“如您所见，是一群可疑的家伙。其实，我很想潜入道士家中，偷听这些家伙的谈话。”

“潜进去了没有？”

“没有。因为空海先生交代不要靠近那屋子，只要远远观看就好了。”

“还好。”

“不久，这些家伙出来了，一副荷包满满的模样。我想其中必有缘故，于是尾随他们。”大猴好像要说给被他捏住脖子的家伙听一般，“结果，不出所料，这些家伙跑到平康坊一家叫妙药的酒楼去了。想想也知道，银子一入怀，不是吃喝，就是女人。”

“然后呢？”

“我假装糊涂地坐上这些家伙背后的椅子，偷听谈话。果然听到他们提起空海先生的名字。”

依照大猴的说法，这三个家伙，一边喝酒，一边进行着如下的对话：“所以说，只要追随西明寺那两个倭国人之后，到马嵬驿就可以了吗？”

“听说是一个叫空海的和尚，另一个是叫橘逸势的儒生。”

“话说回来，那两个倭国人为何要跑到马嵬驿呢？”

“哪知道那么多？总之，这跟我们受托之事无关。那家伙若想对贵妃的坟墓不轨，就砍断他一只手！”

“还有，视状况而定，杀掉也无妨。”

“哦。不过，所谓不轨是指什么呢？”

“盗墓！”

“盗墓？那儿埋了什么值钱的东西吗？”

“没有啦。就算埋了，也老早被挖走了。”

如此这般，大猴才晓得这些家伙想加害空海。

“其实，我那时也可以当场修理他们一顿，再逼问详情，但不清楚修理完之后该如何处置。只好决定先尾随这些家伙，紧要关头再跳出来。于是，就自作主张跟随到了马嵬驿。”

就这样来了，大猴如此说明。

这些家伙和大猴抵达马嵬驿，是今天傍晚的事。

大猴得知空海三人打算投宿当地客栈，继而探听，又得知他们悄悄向人借用铁锹。看样子，是打算夜深人静时溜出客栈，要去“盗墓”。

既然如此，就抢在那群家伙之前，先一步在此等候空海一行人的到来。

“为何不早点儿通知我们呢？”逸势问大猴。

“这么一来，空海先生就不会去盗墓，这群家伙也不会袭击空海先生。如此也就抓不到这些家伙，问不出口供了。”

“……”

“再说，千钧一发之际，我冲了出来，才显得出价值呀！”

“咦，你还有脸这样说？托你的福，我差点儿被一刀砍下去。”逸势作势微怒说。

“算了，逸势。总之，多亏大猴，我们才能平安无事。何不先来询问这汉子，为何要来袭击我们？”空海说。

“喂，听到没有？快回答啊！”大猴的手指使劲捏住那汉子的咽喉和下颚。汉子下颚的骨头发出咯吱咯吱的响声，他嘴巴微张，似乎想用力呼吸，空气却明显进不了肺部。

“你那样子，他想讲也讲不出来。放松一下吧。”

听到空海如此说，大猴稍微放松手指力量。顿时，汉子忘我地拼命吸气。

“快说！”大猴喊道。

“是、是人家委托的……”

“谁？”问话的是空海。

“女、女人。”

“女人？”

“住在那屋子里的女人——一个漂亮的女人，好像混有胡人的血统。”

“是不是叫丽香？”

“我不知道她的名字。没听人讲。”

“怎么会认识那个女人？”

“因、因为猫。”

“猫？”

“我们一伙因为没钱，正在酒楼前徘徊时，忽然来了一只黑猫。”

“噢……”

“那只猫，叼着装酒的葫芦过来。把酒放在我们跟前。

“‘喝吧！’猫这样说。

“我们吓了一大跳。猫怎么会说人话呢？”其中一人拿起葫芦旋开一看，里头满满都是酒。

于是，汉子们在猫面前把酒喝了个精光。

喝完后，那只猫问道：“想不想多喝一些呢？”

“当然想啊！”

汉子们说毕，猫说：“不再给酒了，给银子吧！有个可赚钱的工作。若真想喝酒，拿到报酬后再去买酒。”

“因此，那只猫就教我们如何到那屋子去。说完正事，猫一溜烟不见了。于是，我们依照那只猫所指示的，找到了那屋子。所以才……”

“就在那屋子里见到那女人？”空海问。

“是、是的。”

“那女人说了些什么？”

“就是您方才听到的那些。那女人说，西明寺的空海和橘逸势正在前往马嵬驿的路上，可能会对杨贵妃的坟墓不利，一发现状况就给他们一点儿教训。‘就算断手、断脚也无妨，让他们放明白些！’那女人说。”

“明白些什么？”

“总之，她说，让你们明白杨贵妃的事少插手为妙……”

“她是不是也说，视状况就算要对方的命也可以？”逸势追问，汉子点头。

那汉子好像还有什么话要对逸势说，空海却先开口了。

“在那屋子里，只见到那个女人吗？”

“是的。”

“没有其他人？”

“没有。”

“有其他人在屋内的迹象吗？”

“不像独自过活。我们进去的是很普通的房间，不过里头的房间却有些奇怪。”

“怎么个怪法？”

“因为我急着方便，随意抓了个方向，就往里头乱闯。问那女人茅厕是不是往这边走时，那女人慌忙追过来，说不是。”

“然后呢？”

“那时，我瞄到里头的房间。房内有个香炉般的东西，布置得像是胡人的祭坛。”

“哦？”

“还有个巨大无比的俑。”

“俑？！”

“是，正是俑。”

所谓“俑”，就是木偶。

也有以陶土（也就是泥）烧制捏塑而成。替代殉死者，与王侯公卿或皇帝的尸体一起埋葬在坟墓里。

“是个巨大无比的陶俑。比我们还要高大许多。那是个兵俑，因为穿着战袍。”汉子不太流畅地说出这些话。

大猴的手指一直用力扼住他的喉头和下颚，以致他只能边喘边说。

每逢那汉子支支吾吾，大猴立刻使力加压。

汉子也就不得不继续说下去。

整个讯问过程都是这样。

空海接着又讯问了一阵子，汉子嘴里却已经吐露不出更新的事情来了。

“可以了，大猴，把他放开。”空海说。

“可以了吗？与其事后留下一堆麻烦，不如就把这三个家伙给埋在这里？”大猴直截了当地说。

汉子一听，立刻发出含混不清的哀鸣。

“不，不用了。”空海摇摇头，对汉子说，“你听好。你们都被那个女人骗了。其实，我们是奉皇上密旨而来。方才听了你的一番话，感觉很有趣。因此，我就不追究了。今晚的事，千万别对别人提起。更何况，我们根本什么也没做，只是偶然在这里碰上你而已。你若要提今晚的事，也只能说，我们什么都没做。知道吗？”

“知、知道了。”汉子结结巴巴应声。

空海以眼神示意，大猴终于松开手。

汉子慌忙拾起掉落的剑，踢了倒在地上的同伙各一脚。

另外两名汉子，这才总算苏醒过来。

虽然脸上挂了重彩，手脚幸而无恙。

汉子们一边呻吟，一边爬起来。

三个人动作缓慢，狼狈地离开了此地。

“那么，”空海低声说道，“我们继续我们的工作吧！”说毕，看了白乐天一眼。

“如何呢，白兄？若是改变心意，现在回去也无妨，或者在这里等我们也可以。不过，若心意未改，那就一同前往吧。”

“当然一同前往。既然来到此地，岂有回头的道理？只是，稍后可否请将详情说给我听呢？”白乐天脸上稍稍泛红地说道。

“当然可以。白兄，能说的事一定都说给你听。”空海说。

【六】

点上灯火了。

持着熊熊火把的大猴走在前头，一行人开始在槐树林子里攀爬。

槐树新芽的香味融在夜气之中，每次呼吸都是一阵扑鼻的芳香。

虽然看得见隐藏在树林间的月亮，但一走进林子，若没有灯火还是举步维艰。

这才点燃了事前准备好的火把。

大猴后面是空海，接着是逸势，最后才是白乐天。

“喂，空海。”逸势从后方向空海搭话。

“怎么了？”

“照这样继续走下去，我总觉得，好像陷入了一个深渊，感觉愈走愈深。”

“没错，已经陷进去了。”空海说。

“去你的。空海，我可不是为了想听你说这种话才这样说的。我想听你对我说：没那回事，不必担心。”

逸势这番话，让空海开心地笑出声来。

“我实在很羡慕你的个性。”

逸势以铁锹当拐杖往上爬。

走在前头的大猴，突然停住脚步。

“怎么了？”空海喊道。

“蟾蜍……”大猴身子闪到一旁。

空海站到他身边。

确实是蟾蜍。

倾圮的梯道上，有只用后肢直立的蟾蜍，睁着暴突的双眼，瞪视着空海一行人。

这只蟾蜍，在大猴手中火把的映照下，看得出满身疙瘩，以及浮现斑点的黄色腹部。

红色火焰，将其腹部和背部映照得晶晶亮亮。

而且，那蟾蜍一副出征士兵般的打扮。

头戴一顶小钢盔，身披铠甲，腰部还悬挂着一把剑。

看着看着，那蟾蜍当下竟拔出了腰剑。

“你们到底想干什么？”蟾蜍发出高而细的叫声。

“前往贵妃的坟墓。”空海说。

“前往坟墓干什么？难不成想盗墓吗？”蟾蜍挥舞着佩剑喊道，“滚回去！”

黑暗的树林中，响起同样的叫声。

“滚回去！”

“滚回去！”

“滚回去！”

仔细一看，相同的蟾蜍喧哗地从森林中走出来。

因为身体小，叫声虽很高昂，但若不仔细听，也只能听到唧唧的鸣叫声。

空海后方的逸势、白乐天，也挨过身来想一探究竟。

“空、空海，蟾蜍在说话。”

“是在说话。”

“怎么会这样呢？”

“所以，”空海看了蟾蜍一眼，“蟾蜍大人，你们到底是何方神圣？”

“嗯。”蟾蜍应了一声后，说，“我们是看守墓园的。”

“空海先生，太麻烦了，干脆一脚把它们都踩死算了。”大猴轻轻把脚往前一踏，那蟾蜍突然变得斗大。

再跨前一步。

众蟾蜍变得更大，竟像一只猫那么大了。

“啊！啊！怎么回事？这些家伙竟然变得这般大。”大猴惊叫起来。

“不要被骗了，大猴，知道吗？千万别跟这些家伙再说话了。让我来吧！”空海语毕，跨前一步，伸出右手，一把抓住猫般大小的蟾蜍。

抓到手后，猫样的蟾蜍立刻恢复原来大小。

空海以左手从蟾蜍背后撕下纸状的东西。

蟾蜍身上的盔甲立即消失了。

空海丢出手中的蟾蜍，果然是只普通蟾蜍而已。

那蟾蜍慢吞吞地消失在树林之中。

空海继续同样的动作，其余五只蟾蜍都恢复了原状。

空海的左手里，留下了六张纸片。

“那是什么纸？”逸势问。

“不知谁用这纸在蟾蜍身上施咒。”

“会是谁呢？”

“不晓得。”空海摇摇头。

大猴、逸势和白乐天，凑近望着空海手中的纸片。纸上写着字。

“可不可以借我看一下？”白乐天伸手接过纸片。

“身口意招魂”——纸上如此写着。

“这是——”白乐天问。

“身口意，是佛家语，招魂就是招来魂魄。”空海说，“真是愈来愈有趣了。”

空海仰望阶梯上方的黑暗之处。

也许是起风了，上方黑暗之处，不断传来树叶沙沙的杂声。

“不知我们能不能平安走到上头。”空海犹如置身事外一般地笑道。

【七】

好不容易才抵达顶端。

“喂，空海，终于到了。”

逸势的声音因紧张而显得生硬。

周围是槐树林，昏昏暗暗的，头上只听到夜风吹过树梢的声音，令人不寒而栗。

除了月亮被云吞下又吐出来时，月光会微弱地穿过树梢洒下来，还有逸势和大猴手上的火把之外，可以说，四周一点儿亮光都没有。

每当风吹动火把时，火光所映照出来的影子便摇晃得更加厉害。

彼此脸上所浮现的暗影也随着火光的摇动而闪晃不已。

“大猴，那就是贵妃的墓地了。”空海指着墓碑对大猴说，“你用这把铁锹朝石碑底下挖挖看。”

大猴接过铁锹，用手握紧，抬头看着墓碑。

那是和大猴高度差不多的花岗岩墓碑。

“空海先生，若要挖掘墓碑底下，这碑可实在太碍事了，可以稍微移动一下吗？”

“不，大猴，等一下。”说这话的是逸势。

逸势望着空海说：“空海，现在就要开始挖掘坟墓了，对此，你好像有自己的看法，所以我也无可奈何。可是，再怎么说，这毕竟是贵妃的坟墓。你又是僧人。挖掘之前，给贵妃念段经如何呢？”

听逸势这么一说，空海回道：“你说得没错。我糊里糊涂竟忘了此事，你说得很有道理，逸势。”

“忘了？”

“嗯。对死者而言，念经什么的其实没用，因为已经接收不到了，但若这样能让你安心的话，为生者念经，也不坏。”

“什么？！对死者而言，念经已经收不到？空海……”

“是的。”

“真是这样吗？”

“本来就是啊。所谓经文，是为生者而念的。”空海断然地说。

“看到你那自信满满的脸，我竟觉得自己好像错了。不管如何，总之，你就念段经吧。”

“逸势啊，你的说法才是正确的。我经常疏于这些俗事。不，应该说老是忘了。”

空海和逸势是以倭语交谈的。

白乐天和大猴，对于空海和逸势的倭语会话，只是莫名其妙地旁听而已。

不久，空海跨前一步，面向贵妃墓碑，双手合十。

空海口中传出低沉而有韵律的念经声。

观自在菩萨
行深般若波罗蜜多时
照见五蕴皆空
度一切苦厄
舍利子
色不异空
空不异色
色即是空
空即是色

《般若心经》。

空海那悦耳而有韵律的诵经声，流泻在夜气之中。

念过一阵子后，空海分开双掌。

“完毕，这样应该可以了。”空海说。

“空海先生，那就开始喽。”

大猴拿着铁锹，以锹尖开始挖掘墓碑底下的土。

他打算先挪开墓碑下的泥土，再搬动石碑。

过了一会儿，大猴本来拿着铁锹猛挖的手，在压下锹刃那一瞬间，突然停住了。

看起来，好像锹刃深深卡在泥土里，拔不出来的样子。

“咦？”大猴不在意地看了插埋锹刃的深坑一眼，突然“哇”地大叫一声往后倒退。

他松开握住铁锹的手。

“怎么啦？”逸势叫道。

“火把，照一下。”大猴说。

逸势拿着火把往坑里照。

不过，除了锹刃之外，什么都没有。

“怎么啦？”空海问。

白乐天也靠过去想知道究竟发生了什么事。

“刚刚挥锹时，土里伸出一只白色的手，抓住锹柄。力气非常大。”

听完大猴的话，逸势脸上血色尽失。

“空海。”逸势拉高声调。

“嗯……”空海思索着，喃喃自语，“难道是经文念得不够？”又说，“没关系，继续挖吧，大猴。”

原本已改变心意的大猴，听到空海的话，又用铁锹往土里挖下去。

拿着火把的逸势和空海，站在近处观望。

铁锹第二次、第三次往土里挖，挖到第四次时，突然，从锹刃插入的土里，伸出了一只白色的手，抓住靠近锹刃的木柄。

“哇！”高声喊叫的是逸势。

空海一边遮着火把，一边目不转睛地往坑里看，口中低声念起咒语。

“南幺。三曼多。勃驮喃。……莎诃。”

那是开敷华王如来真言。

空海左手依旧举着火把，边念边跪在坑口，右手伸向那只紧握锹柄的苍白之手。

“空海！”逸势哀号般喊叫。

空海抓住那苍白的手腕，自锹柄扯开，说：“大猴，用铁锹从腕部砍下去！”

大猴表情惊恐，但还是拿起铁锹，以锹刃向空海抓住的那只手的腕部砍了下去。

“噗”的一声，手腕立即断掉。

空海站了起来：“这就是原形。”

他把握在右手的断腕靠近火光。

一看，根本不是手腕，只是一段树根而已。

“这到底是怎么回事？”逸势额头冒汗，上气不接下气地问。

“不知是谁，为了防止贵妃的坟墓被挖，才有这种事。”

“谁呢？这家伙会是谁呢？”

“不知道。”

“嗯嗯……”逸势喃喃而语。

“还要继续吗，空海先生？”大猴问。

“等一下。接下来可能还会有种种麻烦出现，得想个办法才行。”空海环视四周，“白兄，暂且帮忙拿一下，好吗？”

他把手上的火把递给白乐天。

白乐天接过火把后，空海以贵妃墓碑为中心，弯着腰在周围巡视。

“嗯，这里。”空海绕到墓碑后方时，停下脚步，以右手罩在墓碑下方的泥土上，“大猴，这里稍微挖一下。”

大猴照空海所言，拿起铁锹往下挖，锹刃立刻碰到某种坚硬的东西。

“就是那个。”空海说，“慢慢挖出来。”

大猴十分留神地将那物体从土里挖了出来。

是个白色的物体。

大猴把沾满泥土的东西，从坑里拾了起来。

“呃哦……”

逸势禁不住发出呻吟般的声音。

原来大猴手上拿的是一个动物的骷髅。

“大概是狗骷髅吧。”空海说。

“好像有字！”大猴说。

“让我看看！”

空海从大猴手上接过狗骷髅：“白兄，麻烦火把！”

白乐天高举火把映照那骷髅，他自己的身姿也浮现在火焰之中，视线转向空海手中的东西。

空海用手和袖子拂去骷髅上的泥土。

头盖骨上确实写着某种文字。

“不是唐国文字。”空海说，“这应该是胡文吧。我勉强可以读得出来。不过，大猴，这个你比较在行。能不能用唐语念出来？”

“行。这是波斯文。”

“波斯文？”白乐天问。

“写些什么呢？”逸势也问。

“污秽此地者，将受诅咒。毁坏此地者，灾祸及身。以大地精灵之名，予彼等以恐怖。”大猴不带任何感情地说。

“喂，喂，空海，大猴说的是真的吗？”

就算是火把红光照映，也还是能看出逸势的脸色苍白。

“没错，确实是这样写着。”

“没、没关系吗？”

“嗯……”空海唇边浮现笑意，“不必担心，最严重也不过如此而已。”

他用手指转弄着还拿在手里的树根。

“但、但是……”

“安心吧，逸势。”语毕，空海迈开脚，从墓碑估量一段距离后，停住脚步。

他蹲下去，将拿在手里的树根折断搁在地面上，以墓碑为中心边走边画出圆圈来。

“做什么呢，空海？”

“让不速之魔无法来干扰。逸势只要安心在那里看着就可以了。”

空海用树根尖端，以墓碑为中心，在地面画出了一个大圆圈。

圆圈内再画出圆圈，然后抬起头，问：“白兄，东边在哪里呢？”

“我想应该是这个方向。”白乐天回道。

“原来是那个方向。”

空海以墓碑为中心，走向东边，停下脚步。再于大圆圈和小圆圈之间的空间，写下文字“持国天”。

接着走到南边，写下“增长天”。

然后绕到西边，写下“广目天”。

再绕到北边，写下“多闻天”。

这些都是守护佛教尊神之名。

原本是天竺诸神之名，四神合称为四天王。

是耸立佛教世界中心之须弥山的东西南北守护神——也就是“天”。

东方为持国天。

南方为增长天。

西方为广目天。

北方为多闻天。

空海一边口中念念有词，一边在这四神之间的空隙里写字。

大猴为了让空海做起来更顺手，拿着火把跟在一旁。

“你在写什么呢，空海？”逸势问。

“‘孔雀明王咒’，也就是孔雀明王真言。”写毕，空海边说边抬起头，“大猴，继续吧！”

“是。”

大猴把火把递给空海，走向墓碑：“实在太麻烦了！干脆一口气拔起来。”

接着，他从容不迫地紧紧抱住墓碑。

“喝……”

大猴自喉头深处挤压出粗声呼气，全身肌肉，像肉瘤般鼓起。

这时，墓碑开始摇晃。

大猴把墓碑从土里拔了出来，跨开脚步。

由于抱有重物，每跨一步，都让人感觉地面发出微微声响，并且好像在摇动着。

走出圆圈外，大猴把墓碑竖立在地面。

“这样可以吧？”大猴说。

“够了。”说这话的空海，声音中洋溢着赞美之情。

【八】

挖掘工作顺利进行。

途中，有人提议应该换人挖。

“这种事，没什么大不了。”

大猴毫不在意，只是默默地挖土。

大概挖到深及腰部时，锹刃又碰到什么坚硬的东西。

“好像挖到什么了！”大猴翻动着铁锹，小心翼翼地把土拨开。

“是具石棺！”大猴说。

由上往下看，果然是石棺。

空海和逸势举着火把映照，火光在满是泥土的石棺表面，摇摇晃晃。

头顶黑暗处，槐树枝叶沙沙作响。

白乐天以两手、两膝撑地贴在坑口，往下看石棺。

“这是贵妃的……”如此喃喃自语后，白乐天把涌出的口水吞了回去。

湿润的泥土味，浓密地融化于夜气之中。

“空海先生，该怎么办呢？”大猴问。

“打开看看。”

大猴依照空海所说，先在石棺旁整出可以站立的地方，然后把锹刃伸入棺体和棺盖之间。

当他撬出约莫可伸进指头的缝隙，就把铁锹抛出坑口，再将指头伸进缝隙之中。

将棺盖的缝隙挪得更大之后，他两手一用力，一口气就把整个棺盖给掀了起来。

他把棺盖置于坑外的地面。

“什、什么都没有？！”惊叫出声的是逸势。

诚如逸势所说，石棺内什么都没有。

有的只是大猴掀起棺盖时，掉落里头的一两把泥土而已。

“果然……”空海喃喃自语道。

“果然？难道你早就知道这里没有贵妃的尸体？”逸势说。

“不知道。不过，倒是预测可能会有这种结果。”

“到底怎么回事？”

逸势说出此话时，白乐天“呜、呜”地发出野兽般的低吟。

“怎么了？”空海问。

“你看这个。”

白乐天所指的并非棺体，而是方才大猴推出坑外的棺盖。棺盖内面朝上，放置一旁。白乐天用手指着棺盖内面。

表面有些不知是什么的图案。

抓痕？

看起来像是这样。

棺盖的内面，有无数条茶褐色的抓痕。

是血迹。

为什么会有这种痕迹？任谁一看就会明白。

这是被装入石棺的人，想逃出外面，而在棺内死命抓挠出来的痕迹。

彼时，指甲脱落，鲜血外流，血液沾在棺盖内面。干了以后的痕迹，正是现在空海等所看到的。

无数的抓挠痕迹。

在这土中，会留下这般抓痕的人，到底曾持续瞪视着这个棺盖有多久呢？

那是让人不由得毛骨悚然的光景。

逸势缩着脖子，宛如一股寒气从背脊疾驰而过，他打了个冷战。

“唉……”空海发出低叹。

逸势则发出猛吞下口水的“咕嘟”一声。

“喂，空海啊……”他望着棺盖内面，喃喃自语般地说，“若是我死了，不要把我装在棺内，最好直接烧掉。”

“好，知道了。”空海如此答道。

此时，空海仿佛察觉到某事，抬起脸，回头朝后看。

回头后的空海，动作就此僵住。

“怎么了？”跟着回头看的逸势，也僵住了。

大猴和白乐天，也顺着空海的视线望过去。

两人也僵住了。

他们的视线，朝向方才大猴放置的摇摇欲坠的那块贵妃墓碑。

其上，有个人。

有点倾斜的墓碑顶端，坐了个修长的人，脚后跟放在墓碑上缘，两手松垂在膝盖两侧，正低头俯视着四人。

是个老人。

穿着一身暗黑、褴褛的道服。

一头蓬乱的头发都已变白，从鼻子下到下颚长满了胡须，也全白了。

瘦长的脸庞，刻画出深密的皱纹。

老人的嘴角浮现着柔和的笑容，正凝视着四人。

两把火光，由下往上照映老人。

老人头上，槐树枝梢正随风起伏，摇过来摇过去。

老人嘴角虽然浮现笑容，深埋在皱纹当中的眼神，却毫无笑意。

炯炯有神、放射出强烈光芒的瞳孔表面，只有两簇火光在摇曳着。

“哦，是孔雀明王！”空海叫道。

“明白了吗？”老人以干枯的声音说。

“感谢您那时还给了宝贵的忠告。”空海说。

“什么事，空海？”逸势问空海。

“不久前，我不是告诉过你，在西明寺庭院遇见孔雀明王吗？”

“就是这位？”

“是的。”空海简短地回答。

“我在西明寺也说过了。为什么你不早些到青龙寺去呢？与其拘泥于这些无聊的事，不如做你自己该做的事吧。”

“您说得对，不过，我好像愈陷愈深，不能自拔了……”

“那是你钻牛角尖。只要就此离去，把一切都忘光，以倭国留学生的身份，做应该做的事就可以。”

“可是，这件事愈深入，我就愈觉得有趣。”

虽然空海口吻相当谨慎，听起来却令人有种装糊涂的感觉。

此时，逸势好像终于明白某事似的发出叫声。

“空、空海，”逸势把手搁在空海肩上，“这、这、这老人，就是那时那个……”

“没错，正是在洛阳遇到的丹翁大人。”

空海语毕，老人丹翁马上接道：“久违了。那时，谁也料想不到，竟会在这种场合再度相逢。”

去年，空海和逸势到长安之前，曾路过洛阳。两人在洛阳城闲逛时，遇到丹翁。

相遇处是南市一隅。丹翁在该处以江湖卖艺人的身份，聚集许多人表演植瓜术。

丹翁把西瓜的种子撒在地面上，当场发芽，长出叶子，结成西瓜，并当场叫卖。

空海识破幻术，丹翁感到很钦佩，送给空海一个西瓜。

不过，看起来是瓜，其实是狗头，空海完全被骗了。这事发生在洛阳。

“我也没想到孔雀明王竟会是丹翁大人！”空海说。

两人相互凝视着对方。

“丹翁大人，有件事想请教您，方才袭击我们的那些人，是和您一伙的吗？”

“不是。”

“那么，驱使蟾蜍，要我们离开这里的呢？”

“那是我的法术。”

“那么，”空海拾起脚边写着胡文的狗骷髅，“这也是您的法术吗？”

“这不是我的。”

“那又会是谁呢？”

“你说呢？”

丹翁脸上的笑容完全消失了。

“最近，有各式各样的宗教、邪教自胡国传至唐土。”

“听说是这样。”

“其中，有崇拜火焰的所谓拜火教。那火，也就是光明之神。据说，拜火教教谕传入长安之际，祭拜黑暗之神的党徒也同时潜入长安。”

“……”

“这些党徒，好像被称为YAATO或KARAPAN。”

空海话一说完，丹翁低声笑道：“我正因为怜惜你的才华，才对你说这些。你得赶快去办自己的事。在拖拖拉拉之际，你或许会造成无法挽回的遗憾。”

“无法挽回的遗憾？”

“是的。譬如青龙寺的惠果和尚。”

“惠果师父？”

“或许惠果和尚就往生了。若是如此，该如何呢？”

“……”

“谁会传密法给你呢？”

“……”

“我说这些，并不只为了你个人，也是为了秘法。从天竺到唐土一脉相传的密教，这解开天地秘密的教义，难道不传授给任何人，让其就此失传了吗？”

“……”

“我因为珍惜秘法，才催促你行动要快。”丹翁从高处恳切地对空海说。

“依您的说法，惠果师父好像明天就要往生似的。”

“我不是这个意思。但是，也不无可能。”

丹翁在石碑上缓缓地站起身子。

风吹得更加强劲。

丹翁头上漆黑的槐树枝梢也摇动得更厉害。

他俯视空海。

“请等一下。到底是谁把墓里的贵妃给挖了出来的？”空海跨前几步追问，“挖出贵妃的那些人，到底有何意图？或者说，是您把贵妃从这里挖出来的吗？”

无论空海如何追问，丹翁已经不回答了。

他昂首仰视头顶起伏摇曳的槐树枝梢。

“贵妃如今人在哪里呢？”

空海问此话时，丹翁俯视空海一眼，喃喃说道：“可惜啊，空海。满腹才华，却走上自取灭亡之道。”

丹翁再次抬头仰视，放低腰身的瞬间，他的身体已轻飘飘地往空中飞去。

丹翁的手抓住头上一根树梢。

躯体的重量使得树梢弯曲低垂。

树梢随即猛力反弹。

丹翁利用这反作用力，同时松手放开树梢。

“沙”的一声，树梢发出响声。

丹翁朝黑暗树林上空飞越过去，就此消失了踪影。之后，只剩空海等人抬头仰视的树梢，随强风摇曳不已。

“空海。”逸势出声。

空海并未回答。

只是抬头仰望黑暗中摇曳不已的树梢。

他正全神眺望着遥远的夜空。

第十四章　柳宗元

【一】

马儿走在春风中。

马上之人是空海与橘逸势。

两人前方，是同样骑马的张彦高。

他是金吾卫官吏。

骑马的大猴，跟在三人后方。身材魁梧的他骑在马上，马匹显得更小了。

大猴身后还跟着七名卫士。

一行人在张彦高的带领下，朝骊山山麓前进。

张彦高的儿时玩伴徐文强，在骊山北麓拥有一处棉田。听说棉田发现了怪东西，空海与逸势准备前去察看，此刻正迎向骊山北麓。

一行人离开长安城，向北走了半天路程。

不久之后，抵达了中途的优溪驿站，张彦高向空海喊道："空海先生——"

他在马上回望空海。

"老实说，我有件事一直瞒着您。"张彦高深感歉意地说。

“什么事？”

“有人要我也带他一起来骊山。”

“没关系的，到底是哪位呢？”空海追问。

张彦高犹豫了片刻，顿了顿，再说：“是某人的左右手，想和您商量国家大事。”

“某人？”

“是随侍皇上下棋的——”

空海没让对方把话说完，接口说道：“哦，是王叔文先生的——”

“是的。倘使该人提出建言，通过王叔文先生，便可把话带到皇上那里。”

“那人是谁呢？”

“想必您也听过他的大名，他叫柳宗元。”

“若是他，我认得。早拜读过他的《江雪》诗了。”

语毕，空海开始吟咏起那首诗：

千山鸟飞绝，
万径人踪灭。
孤舟蓑笠翁，
独钓寒江雪。

“您真是细心。”张彦高将空海吟诵的诗句，反刍般低声喃喃自语。

张彦高策马并行在空海左侧说：“其实，柳宗元先生昨晚已到过我的住处。”

柳宗元把张彦高叫到身边，问道：“你是说，明天倭国僧人会同你一道来？”接着又说，“若是那位名叫空海的僧人，那我也跟你们一道去吧。”

“事出突然，总之，因为如此这般，柳宗元先生和友人已在优溪恭候大驾了。”张彦高对空海说。

“友人？”

“是的。他没提名字，柳宗元先生似乎是从他那儿得知您的大名——”

空海想了一下，说道：“还是想不透呢。”

“柳先生今天是微服私访。他来这里，除了我们和王叔文先生之外，没有其他人知情。为避人耳目，今天一大早，柳先生同那位友人便离开长安，提前抵达优溪，现在，他们正在等我们。”

此时，优溪驿已近在眼前。

【二】

空海与逸势随同张彦高，走进优溪驿站的小饭馆。

店主人仿佛早已明白一切般，说道：“三位久等了，这边请。”

空海一行人由店主人带路，穿过店面往里面包厢走去。

包厢入口左右，各站一名佩剑的彪形大汉。

穿过入口，空海、逸势、张彦高与店主人一起走进了房间。

房内摆有桌子，数张椅子环桌排列，其中两张已有人就座。

空海觉得两人很是面善。

“空海先生、逸势先生，我们又见面了。”白乐天望向空海微笑道。

“乐天先生！”空海惊叫。

“这位是柳宗元。我的同僚兼诗友。听我提起空海先生所说的事，他感到兴味十足，不停央求我，今天务必让他同行——”

“我所说的事？”空海像确认白乐天说话般反问。

到底跟对方说到什么程度了？

空海在暗示白乐天，难道连杨贵妃墓地那件事也跟对方说了？

“你忘啦，空海？我们不是还和玉莲她们在胡玉楼玩得很开心吗？那时，大家诗兴大发，畅谈作诗种种。我把这事都说了。”

白乐天也暗示空海，并没向对方提及贵妃墓地的事。

空海的视线从白乐天移至蓄着胡须的男人身上。

“久违了。您还记得我吗？在下倭国留学僧空海。那时，大家似乎都称呼您子厚先生。”空海说。

“当然记得。听说有位倭国僧人要去骊山，果然是您。”

“是。”

“那时称‘子厚’，是我的字，我本名叫柳宗元。”柳宗元缅怀旧事般地答道。

当时，柳宗元三十三岁。

比空海年长一岁。

“你们两个人熟识吗？”张高彦问。

“大约一月时，德宗皇帝驾崩前不久——”空海回答。

“是在平康坊的红龙酒楼。”柳宗元直言不讳地说。

“我在胡玉楼拜读过您的大作。”

看来，挖墓那晚，从马嵬驿回客栈的路上，白乐天与空海之间的谈话，以及交换诗文等事，白乐天都跟柳宗元说是在胡玉楼发生的。

“像您这样的文采，在长安也难得一见。您当真是倭人吗？”

“是。我的确来自倭国。”

空海用倭话回答，旋即以流利的汉语又说了一遍。

【三】

约莫两个月之前。

一月十八日。

空海与橘逸势置身于东市熙来攘往的人群中。

“喂，空海，你瞧！”

一看到稀奇事物，逸势总是用手肘顶碰空海，要他也一起看。

这东市不知来过多少回了，对于市场的嘈杂氛围，逸势每回却都还是觉得新鲜、有趣。

空海也有同感。

碧眼胡人、远从吐蕃而来的商贾，也都到东市开店做买卖。

有卖波斯地毯的，也有卖胡壶的……他们从骆驼背上卸下刚运抵的异国服饰、长靴，纷纷罗列在露天摊位上。

逸势与空海目睹此景象，就像被人用巴掌拍击了双眼一般，眼界大开。

突然，人声沸腾的四周，一下子变得鸦雀无声。

各个店家都慌慌张张地收拾店内货品。

原有的喧闹声，被此起彼伏的慌乱收拾声所取代。

“空海，这是怎么回事啊？”

逸势转移视线，发现后方有数名身穿华服的男子，被一群人簇拥着走在东市大街上。

“是宦官！”逸势说。

空海与逸势觐见德宗皇帝时，都见过宦官。

宦官，是指一群被去势的男人。

他们被剥夺性能力，为的是防范后宫妃嫔与他们有染，甚或暗结珠胎。但因近身侍候皇帝、皇后或妃子，他们在宫里的说话分量，自然不同凡响。

即使是皇亲贵族，若想见上皇帝一面，也得通过宦官安排。

想见皇上之人不可胜数，为了及早达成目的，他们有时也会贿赂宦官，其出手大方得吓人。

宦官的发言，甚至及于宫廷人事或国家政务。

因为丧失了性能力，所以他们身上散发出中性且异类的气质。无论喜或怒，脸上永远挂着一种怪异的滑溜表情。

出宫时，有时打扮得像是贵族仕女，足蹬胡人长靴。

不论何处相遇，宦官绝不会被错认为是一般百姓。

此刻，六名宦官正浩浩荡荡地走在路上。他们身后跟随着二百名以上的大汉。

那些汉子分别跟随一名宦官，往东市四散而去。

十余辆空马车，也随着大汉们散去。

近三十名大汉跟着一名宦官，朝空海与逸势的方向走了过来。

到市场上筹集宫廷日用品，是大汉们的任务。

如果宫里有宴会，上至酒、菜，下至食器、地毯等，身旁簇拥着一群大汉的宦官，就会到市场来选购上等货色。

“宫市[1]！”

对面传来一声喊叫，听似男性商贩的绝望哀号。

原来是与空海擦身而过的宦官，走进胡人店面，开始挑选陶壶。

店主模样的男人强忍着怒火，向挑货的宦官说道：“小店没有好壶，净是些不值钱的东西。”

宦官却一声也不吭。

他手拿陶壶，仔细端详了好一会儿，喃喃自语般说道：“这东西真不错呀——就这个啦。”

宦官看了店主一眼，回头呼唤大汉：“宫市！”继而道，“拿他三十个就行了吧。”

语毕，大汉们马上出手搜刮店里所陈列的陶壶，堆放于马车上。

店主的绝望哀号，是在呼唤异国之神的名号。

看似店家女儿的两名年轻女子，口操外国语言，不知在跟大汉们说些什么。

约略可猜想到，她们是在责备大汉们的不是。

三十个陶壶，全被装到货车上了。

宦官对店主说：“会付你钱的，这可不是抢劫。”

语毕，自怀里掏出一百钱，塞进胡人店主手里。

宦官所给的，只有实价的十分之一。

---

1 “宫市”一词始于唐朝，专指内廷日常所需，派专人主持，到京城市场上直接采购。德宗朝，因负责采买的宦官肆意压价、强取豪夺，严重扰乱市场，屡受抨击。——译者注

若是正经买卖，论质论量，那些陶壶的价格，少说也得十来两。

“这点儿钱，实在太少了啊。”店主强忍着怒火说。

“刚才，你自己说卖的是不值钱的东西。不值钱的东西，一百钱哪里少了？”宦官不搭理他。

宦官又瞧了一眼口操胡语的姑娘，嗤之以鼻道：“这姑娘若也卖，我倒想买来用用看。”

两姐妹中较年轻的那位闻言，用汉语回喊：“笨蛋！就算买了，你有东西放进去吗？”

宦官脸色骤变之时，却听门外有人说话：“说笨蛋，真是言重了。我带来可以放进去的东西。”

人在宦官身后的空海，边说边向前跨步。

空海丝毫不给宦官说话的机会：“若是这部经典，应该够分量了吧？”

他从怀里取出一部经书。

“这是玄奘大师取自天竺，译成汉语的《般若经》。我想，这部经典放在那箱子里，可说再合适不过了。”

“你是谁？”宦官问空海。

“在下倭国留学僧。昨天到这店里，看见有个漂亮箱子，让人爱不释手，要店主卖给我，他却说是非卖品，不能卖——”空海指着店内深处一个镶嵌螺钿纹样的箱子。

“我再三表明非买不可，店主却说：‘这是亡母收藏随身物件的箱子。是睹物思亲的贵重东西，就算要卖，也得是置放珍贵物品，才对得起亡母。您打算放什么东西呢？明天烦劳再跑一趟，让我看看要放什么东西，再做考虑吧。’”

空海专心凝视着搁在店内的那个箱子。

“哦，原来如此。若是置放佛经书，那绝对够分量。”店主人立刻拿出螺钿箱，来到空海面前。

“感激不尽。价钱该怎么算呢？”

“不，能置放佛经，我已心满意足，岂有开价之理？就照您说的给吧。”胡人店主口操不甚熟练的汉语，向空海如此说道。

【四】

“空海，吓死人了！竟然临时编造这种谎言。看得人胆战心惊哪。”

逸势对空海说。

“哪里，幸好有店主人配合演出，总算能收场。偶尔带佛经出门也不错。要不然，我也没戏唱了。”

“不过，你还真就买下那个箱子了？”

正如逸势所说，空海手上抱着原本摆在胡人店内的螺钿箱子。

略显扫兴的宦官走后，空海果真买下了那个箱子。

店主最初不愿意收空海的钱，但空海搁下钱就走到店外了。

现在，两人正走在平康坊大街上。

“话又说回来，这些宦官还真是蛮横无理。税又重，征税手段更不得了。”

空海点头，同意逸势的话。

确实，当时的长安税制，可说一片紊乱，风评奇差无比。

德宗皇帝即位后，励精图治，重整因安史之乱而骚动不已的局面，并且改革税制，断然施行“两税法”。

对百姓来说，税法却愈改愈糟。

“两税法”迥异于过去的“租庸调法”。它是以劳动力和财产为根据，定税额等级，不分地租或劳役，将诸税一体化，主要都换算成货币来征收。

取名“两税法”，是因一年分夏、秋两次征收。

推动“两税法”时，德宗曾下令全国，除了“两税法”所规定者以外，若有人巧立名目征收其他杂税，将受严惩。可是，最先违规者正是德宗本人。

虽说朝廷因“两税法”税收倍增，却不敷庞大的军事开销。

于是，德宗陆续开征其他税赋。茶税、漆税、木税、房屋税、租赁税、交易税，什么税都征，甚至长安市场税金高达营业总额的四分之一。

此外，朝廷还任意调高商税、盐价，强迫商人购买国债。

总之，用尽一切手段，榨取人民的血汗钱。

不堪税金负荷，因身无分文而自杀者不计其数。

不仅首都长安如此，地方上较显眼的场所也设置税关，甚至沿街叫卖的菜贩也要收取税金。

结果，连死人也要征收死人税。

空海来到长安，正是此时期。

当时，长安宛如即将熟透落地且腐烂的果实。

宫廷所需物资，均由宦官在长安市场搜刮。空海与逸势方才亲眼所见，即是例行公事。

据说，宦官光顾店家时，不仅支付微薄，有时甚至不付半毛钱。也有宦官向店家勒索运费，反捞一笔。

地方官吏为获得中央擢拔，竞相向皇上进贡。

每年四季进贡，每月进贡，甚至每天进贡。贡品支出金额庞大，均出自老百姓税金。

贡品金额，决定了皇帝赐封官位的大小。

然而，彼时长安仍为世界第一大都市，人口一百万，堪称世界史上一大奇迹。

此刻，空海与逸势正漫步在奇迹之都——长安平康坊的大街上。

逸势先前喊道："肚子好饿啊！"

两人此刻正走在大街上，四处寻觅可以进食的酒楼或饭馆。

就在寻觅的空当，前方街道中，赫然看见写着"红龙酒楼"朱红大字的招牌。

"喂，空海，有着落了。"逸势加快脚步。

来到那红龙酒楼前，店门口已是人山人海。

映入他们眼帘的是，酒楼被看似路人的群众团团包围。入口前方，三名男子正朝着店家大吼大叫。

"怎么回事？那是——"语毕，逸势与空海止步。

三名男子似乎喝了酒，满脸通红，说起话来，连吼带叫，酒气四散。

仔细一看，店门前的泥土地上，有一条细长东西在移动。

"哎呀，空海，是蛇。"逸势脱口而出，因为看到相同的景象，空海当然也知道了。

三名男子之一，向店里喊叫：

"喂，这条蛇爷，可是要献给天子——皇帝陛下捉鸟用的。可别让蛇爷饿着了，给我好好照顾着吧！”男子说道。

“他们是谁？”空海问身旁男子。

“是五坊小儿。”男子答道。

“原来是他们。”

“五坊”指饲养皇上的鹫、隼、鹞、鹰、犬五种宠物的地方。“小儿”则是指在那里工作的人。在这里，空海初次见识到“五坊小儿”这号人物。

“这些家伙老是狐假虎威。”告诉空海“五坊小儿”的男子，皱起眉头说。

据说，他们不仅在商店里白吃白喝，还向店家强行勒索，根本不把别人的厌恶放在眼里。

虽说在皇帝手下做事，这些人的所作所为给人的印象和“街头地痞流氓”没两样。

这么说来，先前所见到宦官的恶形恶状，也像是地痞流氓了。

五坊小儿们，有时为了骗钱，甚至做出让人难以置信的事。

比方说，在行人必经的路口或居民常用的水井上面张网捉鸟。若有人挨近，便罗织“贡鸟飞逸”罪名，强行殴打或搜刮财物。

这时期的长安，所谓“唐朝”的这一历史果实，正从内部逐渐散发出腐臭的气息。

对啃食果实的寄生虫来说，这颗果实饱含甘蜜般的滋味，同时也散发出果实发酵后一般的酒香。

史书曾记载下面这样的事实。

那是陕西某乡的统计数字。

有个叫作“阌乡”的地方，原来有三千户人家，由于不堪重税，竟有三分之二的村民逃离或死亡。

另外，原有四百户人家的渭南县长源乡，逾九成村民非死即逃。

据说，德宗推行两税法时（七八〇），大唐帝国总户数[1]有四百一十多万。二十五年后，空海来唐时，总户数仅剩二百四十万左右。

约有四成帝国居民，若非死亡，即沦为离乡背井的流民。

居民疲惫不堪，大唐帝国已面临国力衰退的命运。

然而，当时长安仍为世界史所孕育出的绚烂历史之果。

此时，在名为长安的这一世界史舞台上，空海不过是来自东洋小国倭国的一位初登场的沙门而已。

日后，在日本国这一温室当中，栽培发轫于印度的密教体系，并以佛教史上少见的高度，令其开花结果的空海，此时，登上了这个舞台。而不论是逸势还是历史，都还未能知晓空海日后的重责大任。

对密教来说，在它即将毁灭之际，能与空海这位来自东洋且雄心勃勃的天才邂逅，可说是一种奇迹般的幸运。

反之，也可以说，为与空海这位沙门相遇，并在东洋岛国日本结出宝石般的果实，密教因而出生、成长于天竺，历经遥远岁月，再经由丝路来到了长安城。

所谓密教，可说是包容人类的善、恶与所有一切，肯定宇宙全体的思想体系。

思考空海与密教的邂逅时，总会令人不禁感觉到，这世上确实存在着类似命运，或撼动宇宙与人世的法则。

空海于日后必须担负的历史任务，若说此时已有自觉之人，那无非

1 大唐帝国总户数，也就是必须缴税的户数。

是空海本身吧。

不，说是自觉，应该尚有段距离。对空海内在来说，或许称为“野心”还比较贴切。

【五】

“原来如此。这是替天子捕鸟的蛇。”空海说。

仿佛受到声音惊吓，五坊小儿将视线扫向空海。

“喂，空海……”逸势吃惊般低声呼喊空海。

逸势大概没料到，空海竟会主动向他们打招呼。

三人的视线聚集在空海身上时，仿佛配合他们的呼吸，空海向前跨步而出。

“原来如此，所以这蛇才有翅膀。”空海望着三人。

“翅膀？”男子们一副莫名其妙的表情。

“是啊。”空海若无其事地点点头，随手抓起地面上的蛇。

“瞧！就在这儿，翅膀不是这般叠起来吗？”空海指着左手抓住的蛇背，“正因有翅膀，这蛇才可以捉到鸟吧。”

空海说得简直不合情理。

此刻，逸势也无法插嘴，只能静静观看事情发展。

“看吧，叠在一起的翅膀要伸出来了。哦，这翅膀多么纯白、美丽啊。不愧是天子的蛇。”空海说毕，男子们同声大叫。

“啊！”

“啊！”

三名男子望着纠缠在空海左手臂的蛇，仿佛可以见到它展翅的模样。

“这是栖息在南山海州的翔蛇，这是瑞兽。如此吉祥之物，你们在哪里抓来的？”

“不，不，那是——”男子们惊叹之余，张口结舌说不出话来。

“瞧！翅膀挥舞成那般，好像在告知什么祥瑞之兆。”

“哦，真的在挥舞翅膀。”

“据说，这蛇飞向天空时，只要尾随其后，它会告诉人们奇珍异宝的藏匿之处。你瞧！翅膀如此这般——”

“嗯，嗯……”

“哦——蛇飞起来啦。往西飞去了。”

空海放眼天际，追赶腾空而去的翔蛇一般移动视线。

“啊，真的飞起来了。往那边去啦。快，追啊——”

三名男子慌慌张张地追赶在似乎腾空而起的翔蛇之后，原地只剩下空海一人。

“逸势啊，我就玩到这儿，你觉得怎样？”空海脸上浮现一抹恶作剧的笑意，向逸势微微颔首。

看热闹的人将视线纷纷扫向空海。

“空海啊，你刚刚把蛇怎么了？我也看见那蛇飞上了天。”逸势挨近空海。

“没什么，你在洛阳不也见识过了？”

“洛阳？”

“术士丹翁曾露过一手植瓜术给我们看。”

“是那个？”

"就是那个。"

"可是，我亲眼看见蛇飞上了天。"

"没飞上天。"

"那蛇跑哪儿去了？"

"别管了，逸势，我们不吃饭，先离开吧，这儿人多嘴杂。再说，如果那些五坊小儿回来，可就麻烦了。"空海催促逸势，跨出脚步。

逸势紧随其后。

不一会儿，以视线追逐两人身影的围观群众，在空海两人拐弯后，也不再注视他们了。

走了好一阵子，空海在一棵柳树下停步。

随风摇曳的柔绿中，空海将右手伸进左边袖口，从中取出方才那条蛇。

"你，竟然把它藏在袖子里——"

"对。在这儿把蛇放了吧。"空海将蛇放下。蛇在地面上蜿蜒前行，消失在附近人家暗处。

"空海，你真是个可怕的男人。"待蛇消失踪影后，逸势说。

"为什么？"

"连这事你也行。往后，我不能粗心大意随便靠近你了。"

"逸势，那不一样。"空海答道。

"什么不一样？"

"我是说，'会什么'和'那人很可怕'是两回事。"

"你又要讲高深的学问了？"

"这并不高深。比方说，这儿有一把快刀。"

"嗯。"

"这把刀可怕吗？"

"不可怕。那刀只是在这儿而已，总不会主动飞过来袭击我吧。"

"那如果有人拿了这把刀，又怎样？"

"那还得看是谁拿了那把刀吧。"

"逸势，你说得一点儿没错。"

"什么一点儿没错？"

"总之，逸势，对你来说，会加害于你或夺走你钱财的人，拿了那把刀才会让你感觉可怕。如果是与你亲近的人，即使拿了再锋利的刀枪，你也不觉得可怕。"

"你说得没错。"

"所以啊，逸势，并非刀可怕。当你觉得可怕时，是因为拿刀人的根性，令你感到可怕。你怕的不是刀本身。"

"原来如此。"

"这和植瓜术道理相同。植瓜术本身和刀一样。人们不必对植瓜术感到恐怖。该担心的是，到底是谁拥有那把刀或拥有那法术。"空海说。

"嗯。"

"逸势，你放心吧。你根本无须对我感到害怕。"空海面带微笑，轻轻拍了拍逸势的肩膀。

就在此时，远处传来呼唤声。

【六】

"请问，师父——"是男人的声音。

空海与逸势转身望向出声之处。

该处站着个男人。他长得一副正直、坚毅的模样。

男人一边微笑，一边走近两人。

“原来真相如此。太令人惊讶了。我看到了飞上天的蛇，以及放进袖口的蛇，到底哪条才是真蛇？我可想了好一会儿。”

“两条都看见了？”

“不错。您刚刚所做的事，真让人一扫心头闷气啊。五坊小儿的行径，我早已忍无可忍了。”说毕，他慌慌张张地行礼道，“真是失礼，在下还没自我介绍。敝人名叫子厚。”

“在下空海。”

“在下橘逸势。”

空海与逸势也报上名来。

“大名听来很陌生。两位是唐国人吗？”

“不。敝人是倭国的留学僧。”

“我也来自倭国，是来学习儒学的留学生。”

两人一前一后地回答。

“空海先生唐语说得很好。”

“不，要像贵国人那样流畅，还差得远呢。”

“此事姑且不提，方才你们不是在找吃的吗？”

“是啊。不过没吃成。”

“若是如此，前面有家酒楼，是我的友人开的。我们就在那儿一道吃顿饭如何？”

空海与逸势应邀，随同子厚走进“青山酒楼”。

在这家店里，空海与子厚展开了对话。

“空海先生，您怎么看现今唐国的政治？”子厚问。

“这是个很难回答的问题。”

“那我这样问好了，您觉得这国家的百姓幸福吗？”

“这也是个很难回答的问题。比起我住过的倭国，唐国——不，长安城可说先进许多了。以倭国生活水平来看此地，百姓多半很富裕。拿贵族来说，长安贵族和倭国贵族，其奢华程度简直难以相提并论。不过——”

“不过，生活水平高跟是否幸福，那又是两回事了。”

“没错。”

“现在，唐国百姓正处于疲惫之际。百姓苦于沉重赋税，贵族依旧是贵族，他们只求明哲保身，自谋出路，根本无暇顾及老百姓。”

“是的。”

“我一直在想，大唐盛世是否已过去了。如今，只剩洛阳和长安，仍残留华丽的气息。可是，实情却如您刚才所见到的景象一样。”

子厚用字遣词，似乎理智胜于情感。

然而，他那理智的内面，却又隐含着某种苦闷的情感。

“如果有机会……”子厚说。

“机会吗？”

“对。我想，如果有那样的机会，我可以让这个国家比现在好一点儿，或许只能稍好而已，但比起现在，百姓应该可以更容易安居乐业一些。至少，若有机会能为此事全力以赴，我一定会满怀欣喜，奉献出我这条命。”几杯酒下肚，略显多话的子厚，倾吐满腔热情地说道。

“如果有机会……”空海、逸势与子厚交谈了好一阵子，有时讨论唐国时事，有时谈诗说文，也提到了倭国的种种。

趁着酒兴大发，他们呼喊店家拿出砚、墨，准备纸、笔，子厚一挥而就地写起诗来。空海也和诗回赠。逸势见状，竟也罕见地拿起笔，绞尽脑汁地作起诗来了。

“倭国一片云”。

他以此句起首，以“清风虽吹尽，我志无尽期”结尾，是首利落飒爽的好诗。

子厚震慑于空海与逸势的字迹笔势，尤其空海诗句的精湛与文采斐然，令他毫不吝惜地大声赞赏。

不久，三人在酒楼前分手。

“百姓的幸福……”空海望着子厚的背影，喃喃自语，“思索何事是幸福，真是个艰深的问题啊。”

“怎么说呢？”逸势问。

“因为人的欲望无边无界……”

“……”

“胸怀大志的生活方式，其实也很严苛……”

“嗯……”

听了空海的话，逸势似乎觉得恰恰说中了自己的某部分，同意地点了点头。

【七】

柳宗元，字子厚。

中唐时期的文人代表。

其祖先来自河东，亦即日后的山西省。

柳宗元家族已在长安落地生根数代了，他本人也土生土长于长安。

他生于大历八年癸丑（七七三）。比同时期文人韩愈小了五岁。

刘禹锡曾在《柳宗元集》的序文称：

“子厚于贞元初，即以童子而有奇名。”

“贞元初”的贞元元年（七八五），柳宗元不过十三岁，那时起，他便享有“奇名”。也就是说，他的存在备受瞩目，序文如此记载。

这番话绝非奉承之词，从年轻时起，柳宗元便比旁人出色。

事实上，他于贞元九年，以二十一之龄及第，成为科举进士。

比才子韩愈二十五岁及第，还提早了四岁。

不幸的是，那年他的父亲却撒手人寰。

五年后的贞元十四年，柳宗元登“博学宏词科”，授“集贤殿正字”，也就是从事“图书校勘”的官员。

翌年，二十七岁的他，妻杨氏亡故，并无留下子嗣。再隔一年，长他两岁的姐姐过世。到了贞元十九年，长姐也亡故。这时，柳宗元三十一岁，却已经无任何手足了。

贞元十九年，柳宗元被擢拔为“监察御史里行”[1]。一年不到的时间，他已经与韩愈并驾齐驱。

那年冬天，韩愈被贬为阳山令，刘禹锡取代韩愈，成为监察御史。

当时，以柳宗元为首的年轻官员，皇太子李诵所信任的王叔文、王伾等人为中心，形成一股政治势力。

空海东渡大唐入长安，是贞元二十年十二月的事。

1　里行，指直接提拔到朝廷为御史的试用期。——译者注

隔年二月，德宗皇帝驾崩，李诵继位，是为永贞皇帝，也就是顺宗。

正是此年的事。

为此，亲近李诵的王叔文、王伾，均获提拔出任要职。

与王叔文渊源深厚的柳宗元，也成为掌权一方的人了。

此刻，柳宗元在优溪驿的小饭馆里，与空海相对而坐。

柳宗元身旁是白乐天。

空海身旁则是橘逸势。

“您似乎已经掌握机会了。”空海说。

一月见面时，柳宗元告诉空海，他愿为国家竭尽绵薄之力。如果有机会，他将满怀欣喜，奉献一己之性命。

空海的开场白，即是根据这些话而来。

“嗯。可是，这机会大概也不长了。”

“皇太子——哦，不，您指的是永贞皇帝生病这回事？”

“是的。”柳宗元点点头。

去年九月，李诵脑溢血中风。

因为后遗症，他虽当上皇帝，却无法自如地移动身子，说话也不甚灵活。

那时，王叔文已位居翰林学士、起居舍人。

王伾也出任左散骑常侍。

王叔文所担任的“起居舍人”官职，是在天子身边记录其言行举止。由于经常随侍君侧，所以拥有极大的实权。

王叔文原本只是陪侍皇太子李诵下棋之人。李诵即位后，因直接与闻皇帝言行，于是拥有了撼动天下的权位。

自从掌权甚久的京兆尹，也就是长安市长李实[1]失势之后，王叔文和王伾强力改革政治。

他们裁减、解放后宫宫女，废止“宫市”，流放诸多受贿官员。

改革派王叔文等人，因而深受旧体制保守派痛恨。

如果永贞皇帝驾崩或禅让大位，王叔文、王伾可能即刻垮台。

在空海看来，他们垮台的日子已经为期不远了。

以王叔文为核心的种种改革赢得了长安百姓的喝彩。

李实失势一事，官吏、百姓莫不欢欣鼓舞。

李实征税严苛，少缴一钱一厘也不许。即使是官吏，无法按规定征税也会被处死。一般市井小民若欠税或缴纳不足，可想而知，将会导致什么后果。

> 二月辛酉，诏数京兆尹道王实残暴掊敛之罪，贬为通州长史。市井欢呼，皆袖瓦石，遮道伺之。实由间道而获免。

史家如此记载当时的情景。

王叔文等人如此改革，却造就了众多敌人。

据说，被夺走权力的宦官们，仍暗中与遭到贬抑的贵族或军人结合，策动打倒王叔文。此种风声，空海和逸势也曾有耳闻。

王叔文等人的政敌，这段时期必然利用永贞皇帝的病情，伺机而动。

柳宗元与空海的对话，自然也包括了这些内容。

正是如此关键时刻，空海与柳宗元在优溪驿相见了。

1　李实为唐高祖李渊十五子元庆之后，袭封“道王”，拥有皇室背景。——译者注

“您不是公务繁忙吗？”空海问柳宗元。

“那当然。”柳宗元率直地点点头。

“这种时刻，怎么还来这儿？”

“正因为是这样的时刻，才要亲自跑一趟。”

“您这话是什么意思呢？”

“空海先生，您已知晓许多事情，我就跟您实话实说了。”

“嗯。”

“这回您要去的徐文强棉田，发生过什么事，我也听说了……”

柳宗元简述空海已知晓的徐文强家棉田之事。随后，他又问道：“空海先生，最近京城大街发生的布告牌事件，您可知情？”

“是的，我曾耳闻。”

“那木牌预告皇帝之死。”

“没错。”

“还有一事。金吾卫刘云樵家里，大约去年开始，陆续出现猫形妖物。这只妖猫也预言了德宗皇帝之死。这件事，空海先生想必也清楚吧。而且，您也已经被牵扯进来了。”

“是。”

“刘云樵家里出现妖猫、徐文强家棉田的怪声，以及大街上矗立的布告牌。我想，这三件事或许有某种关联。”

“不错。”

“圣上的性命，等于是我们的性命——”柳宗元说。

万一永贞皇帝这时候死了，王叔文便会失势。

失势就是死亡。

或许暂时贬谪远地，不久之后也会遭到毒杀，或编造某种理由而被下诏赐死。

万一情况糟糕，柳宗元或许也会被赐死。情况稍好，则被贬为地方小官。

在这种情况下，所谓“左迁”，不光是一个人的事，它关系到整个家族及宗族的命运。

“京城该做的事非常多，相比之下，我们所剩的时间非常少。”

“看来您很焦急。”

“明知焦急不好，却还是焦急得很——”柳宗元叹了口气说，“这件事攸关皇上性命。换句话说，包括圣上，也与我们的大志有关。所以，我才来这儿。”

接着，他继续说道：“有人在宫里放话，说是我们谋害先皇，也就是德宗皇帝的性命。他们说，因为皇太子病倒，我们才急于动手——”

“……”

“面对此种谣言，我们必得挺身应战。”

“诚然。”

“空海先生，我一直认为，求保身家性命这种事，是志向卑下之人的作为。然而，处于今日这样的立场，我却不得不谋求保身了。我这样说，并非为了自己，而是为了大志，必须求保自身。有时，我……”柳宗元顿住，深深吐了口气，接着说，“有时也不得不玷污自己这双手。我时常在想，自己今天的所作所为，是否毫无意义。到头来，自己所做的一切，对世间来说，根本算不了什么。对百姓来说，或许也不过就是更换了权力内容而已。而那内容，不论我们还是李实，结果还不都是一样？有时，我会觉得自己内心似乎已逐渐枯萎了。”

“不过，您并不打算退缩吧？”

“是的。也只好这样了。我已无处可逃。”柳宗元望向邻座的白乐天，说道，“白居易的想法，似乎和我有些不一样。”

“哪里不一样？”空海望向白乐天。

“因为我不适合政治。”白乐天别扭地回答。

“他这人感情太丰富、太丰富了。”柳宗元说。

“感情太丰富？”空海问。

“政治之事，当然要动之以情，却不能感情用事。”柳宗元看了一眼白乐天。

“刚刚我说过不打算逃，譬如逃情诗文之中。不过，白居易却有这样的情愫。我虽也爱吟诗作赋，却不会因此抛身忘命。但是，白居易他……”

“我也没打算为诗文拼命呀！”白乐天打断柳宗元的话。

“我的事就此打住，继续你的话题，如何呢？”

“说得也是。”柳宗元点头，视线从白乐天移至空海身上。

“空海先生，老实说，我有两事相求。”

“您尽管开口吧。”

“一件我已说过，就是请让我今天与你们同行。”

“另外一件呢？”空海问。

柳宗元看了看身边的人。有空海、橘逸势、白居易，加上张彦高、两名卫士及大猴。

“您方便对我说的话，也可以对大猴说。”空海说道。

“啊，您说得是。空海先生，之前我看见您将蛇藏了起来。您那种行为，该说是出于侠义之心吧，我理解您那时的心情。”

“然后呢？”

“哦。老实说，我有封信想请您帮我解读。”

“信？如果是信，何必要我效劳，您自己不也读得通？”

“空海先生，因为那封信是用贵国语言所写的。”

“倭语？”

“不错。”柳宗元点头。

“现在信在您手上吗？”

柳宗元摇头：“放在某处。”

“那封信与这件事有关吗？”

“是的。我认为有关。”

“不过，如果是倭语，也未必得我啊。长安城里，形形色色的人比比皆是。”

“此事说来惭愧，因为我身边没有懂倭语又可信任的人。”

“原来如此。”

“空海先生，如我刚才所言，我们时间不多了。要对合适的人先做种种调查，再与对方交往，然后托付此事，这对一般人来说是理所当然的程序，我们却无暇进行了。”

“您是说，若是我的话——”

“既然不能照一般程序来，只好相信直觉。我从白乐天那儿听闻您的大名，加上张彦高也提过您，我马上明白，他们口中的空海就是那天我所遇见的空海。如此一来，我根本不用再考虑了。”

“无论如何，我会尽力效劳。”

“不胜感激。”

“话说用倭语所写的那封信，到底是哪位写的？”

“您大概也知道吧，是晁衡大人。”

“晁衡？！”

空海反刍这个名字时，一直在旁静默不语的逸势，突然大声说：“是阿倍仲麻吕吗？！”他难掩兴奋语气接道，“请务必、务必让我们看看那封信。我们可求之不得。”

阿倍仲麻吕。

是安倍船守之子，生于七〇一年，与李白同年。

七一六年时，他以十六岁之龄被推派为遣唐留学生。翌年，与吉备真备、僧人玄昉随同第八次遣唐使多治比县守跨海渡唐，这已经是八十八年前的旧事了。

当时，正是玄宗皇帝主政时期，李白、杜甫全聚集在长安城。

大唐王朝连绵盛开的巨大花朵、玄宗皇帝与杨贵妃的凄美爱情故事，在当时均尚未展开。

【八】

一行人策马于春日旷野。

柳宗元。

白乐天。

空海。

橘逸势。

张彦高。

大猴。

六人各怀心思，马儿正穿越秦始皇陵寝，驰骋于春日旷野之中。

柳絮在风中纷飞。

【九】

一行人已身在目的地了。

放眼望去，地面上柔和浅淡的青翠，随风摇曳。

棉树的新绿，映入眼帘，娇嫩得令人心痛。

风起叶动，棉树新叶纷纷随风起伏。

风，顺着缓坡吹动嫩绿新叶，扶摇直上。然后，出其不意地消失于苍苍云天。

风没有一定的方向。

然而，也并非漫天吹拂。

风随着肉眼无法看见的大气，一起律动呼吸。

看那嫩绿新叶随风飞舞的模样，令人心情畅快。

田畦处处可见的柳树，其新抽枝芽也随风摇曳摆动。

此大地竟是如此广袤，无边无际。

空海站立于这片广袤天地的中心点，尽情呼吸丰沛润泽的大气。

自己的肉身，仿佛极其轻易地与天地合为一体。

肉体是天的一部分，也是大地的一部分。

是风的一部分，也是容纳看得见的、看不见的所有这一切的宇宙的一部分。

心，也是如此。

心是肉体的一部分。

肉体也是心的一部分。

这不是理论，是空海亲身感受、体会出来的。

空海立于曼陀罗之中发怔出神，仿佛陶醉于曼陀罗的境界，悠然自得地跨出脚步。

逸势在远处，忧心忡忡地望着空海。

一旁是大猴。

再一旁是白乐天。

再一旁是柳宗元。

再一旁是张彦高。

再一旁是徐文强。

还有卫士数名。

此刻，对空海来说，逸势的心脏跳动清晰可辨。

他感觉得出，所有看得见、看不见、感知得到、感知不到的一切，彼此之间都有一条无形的线联系着。

仿佛进入冥想状态，肉体正在品尝天之甘露一般，空海将周遭所有一切纳为己有。

在这空当，空海的视觉能力、感知能力，似乎突然倍增了。

甚至舌尖也能感知空气的味道。

空海知道，入唐以来，自己的肉身和冥想力更加敏锐了。

空海陶醉在这天地之间，心情舒畅不已。

空海心想，原来就是此种境界。

在倭国室户岬，持续半个月静坐所达到的境界，此刻，在极短时间内就达到了。

室户岬那时，自己曾经历一口吞下天星的神秘体验。

虽说目前的境界不如当时浓烈，肉身却比当时更增加了些许透明感。

感觉得到。

感觉得到。

感觉得到小草抽芽时，想从大地之中伸展而出的力量。

无数的草。

无数的虫。

细微渺小的生命群体。

汇集这些渺小生命群体所形成的那股难以置信的顽强力量，此刻，正在这片大地之中冬眠，也正准备自沉睡中苏醒。

然后——

不同于那些令人发狂般的生命力，另一种力量也沉睡在这大地某处。

这一切，空海都感觉得到。

他知道，自己正朝着那股黑暗力量笔直地前进。

啊——

空海恍然大悟，自己正站立在那力量之上。

正在那力量上面踱步。

只是，没想到那力量所横亘的范围竟是如此广大。

还未到达。

再往前走吧。

空海继续踱步，在该处停住。

就是这里。

这里正是那力量的中心点。

空海站在该处，仿佛探看幽深的大地底部一般，把视线落在自己脚下。

下面的泥土之中，层层叠叠地横亘着某种东西。

一个……

两个……

三个……

不只这些。

数量多得数不清。

是一种没有生命的力量。

不但没有生命，而且令人脊背发凉，来路不明的力量正沉睡在自己的脚下。

空海感觉得到。

“就是那儿，空海先生……”徐文强的声音自远处传来。

果然是这里。

空海点点头。

站在远处的男人们，慢条斯理地朝空海所在的位置走来。

有种被人施行强大咒术的东西，正沉睡在这地面之下。

空海一边眺望着朝自己走来的男人们，一边冷静地真实感知这件事。

尽管如此，也未免过于……

空海再度深切感知到，自己被卷入的力量竟是如此强大。

第十五章　咒　俑

【一】

春阳之下，数名男子挥锹挖掘地面。

在徐文强的广大棉田中央。

正在挖掘之人，是徐文强的佃户跟大猴。

总计动用五名劳力。

开挖至今，已耗费近半天的时间。

此刻，所挖掘的地洞深度已比人深。身材魁伟的大猴立在洞穴下，伸手已够不到洞缘。

由上往下直挖，随着地洞愈挖愈深，清除积土便愈花费时间。

看到这一情景的空海指示道：“不要直直往下挖，挖成斜面，像坡道那样——”

地洞的大小及前进的角度，全由空海决定。他还把作业分为挖土和运土，两者轮番上阵。

经过空海指示，作业速度倍增。

橘逸势见状说道：“空海，你真是能干。”

因为空海指示正确，从旁看得出来，洞越挖越深，效率卓著。

两年后，空海返日，也曾着手各种土木工程。

在他的故乡赞岐，棘手得让专家宣布放弃的“满浓池”湖堤工程，空海也能竟其功。

原有水湖周围约四里，面积八十一町步[1]。湖面横跨七箇村、神野村、吉野村三个村庄，数百聚落的灌溉用水全都仰仗这个水湖。每年大雨溃堤，水淹房舍、田地，牛、马或人惨遭溺毙。不仅农作物收成无望，还会造成疫病流行。

官吏、专家整治经年的工程，最后半途而废，转向空海求援。

空海只耗费月余时间，便将工程顺利完成。

土木工程，是一种讲究理路的作业。

有效运用人力和马力，在合理的顺序和方法之中，营造合理的结构。思考这种事理，似乎很适合空海的头脑。

此处顺带一提，空海也擅长用人，如何鼓舞人心，让人一鼓作气，他颇精于此道。

“空海先生，最近怎么老叫我挖地洞啊？”大猴一边挖掘，一边从洞底朝空海喊道。

在空海的注视下干活，他似乎很快乐。大猴上半身裸露的肌肉沾满泥土，泥土和着汗水流淌而下。

洞穴外搁着装满凉水的陶瓮，随时可用勺子饮用。

不仅空海与逸势，柳宗元、白乐天、张彦高、徐文强也离开安放在对面柳树荫下的椅子，都站到地洞旁边探看着。

1　一町步约合一公顷，一公顷合一万平方米。——译者注

他们似乎都想亲眼看见，何时会挖到底，又会挖出什么东西来。

洞穴最深之处已逾九米。

“还要继续挖吗，空海先生？”大猴问。

“还早还早，还没挖出东西呢。”

即使空海没有吩咐，大猴双手仍挥个不停。

强烈的泥土清香，自洞底向上飘升。

“空海，这儿到底埋藏了什么东西？”逸势问。

“不知道。”

空海往下探看着地洞答道。

就在此时——

金属与某种坚硬物体碰撞的声音响起。

“好像有什么东西。”大猴在洞底说。

他所挥动的铁锹前端，在地里触碰到某种坚硬的物体。

柳宗元先探出身子，洞旁的一伙人跟进，全伸头往洞穴里探看。

洞底正在工作的其他人，也都停下了动作。

“会是什么呢？”大猴问。

在坚硬物体四周，用铁锹轻敲了数回，大猴将锹搁下，双膝着地，徒手翻拨泥土。

“哇呀——”大猴惊叫。

“空海先生，那东西是颗人头！”

大猴除掉附在“那东西”上面的泥土，站起身，退到一旁，好让在洞口上探看的众人也能看得见“那东西”。

的确是一颗人头。

不过，当然不是真正的人头，而是人造的人头。

“我看不清楚。”话说完，空海就径自滑下洞底。

空海之后，柳宗元、白乐天、橘逸势也鱼贯滑了下来。挖掘的佃户都上去了，只有大猴留在原地。

五人团团围住“那东西”，原本还算宽敞的洞底，一下子挤满了人。

“那东西”是一颗实物大小的人头。从洞底出土的只有头部。

空海斜看着“那东西”，并以手触摸。

很坚硬。

却不是石头那样的坚硬。

“是陶器——似乎是俑。”空海说道。

“那东西”蓄髭胡，结头髻。脸、眼、鼻、口、耳——做工逼真，让人看不出是人工制成的。

“这手艺，看得出是何时的样式吗？”空海自顾自地随口发问。

“看不出来。”柳宗元像是代替众人发声似的，边回答边摇头。

最后一个下到洞底的张彦高凑在逸势身后窥看那颗人头，忽然惊叫起来：“这、这个，就是那天晚上，从这儿出土，随后就消失无踪的人。我确定就是这副模样。”

因为兴奋与莫名地不安，张彦高的声音颤抖不已。

【二】

直至向晚时分，两尊陶俑才从地洞底下完全挖出。

此刻，两尊陶俑正伫立在地洞上的土堆旁。

那是人，且是士兵的立像。

比真人大了许多。

与大猴不相上下。

挖出第一尊时，大猴发现还有一尊。

“哇呀，还有一尊，一模一样的。”

为了要挖出那两尊陶俑，大猴拼命挖大洞穴时，又发现另外四尊。

“这么一来，可没完没了啊。”

于是，他决定暂时先挖出最早发现的那两尊。

两尊陶俑，沐浴在午后斜照的阳光下，伫立在众人眼前。

这两尊兵俑均身着甲胄。

当然，并非实物，只是俑体的一部分。脚上也都穿着鞋子，一是方口齐头鞋，另一为高筒靴。

虽然都蓄有髭胡，但两俑容貌相异。

一人右手持剑。剑非俑体的一部分，而是真品。

实际上，那兵俑并未握剑。不过，兵俑右手呈握剑形状，拇指和其他手指间腾出一个圆孔，看似确曾握有某物。

掉落在脚旁的剑，大概正是右手所握的吧。

另一尊兵俑则持长矛。

这尊兵俑手里握着状似铜矛的物件，出土时却剥落崩裂。结果，只挖出了铜制矛头而已。

斜下方有台座，两名士兵端立在台座之上。

“果然是人俑。”空海望着两尊俑像说道。

俑——读如“甬”，意指人形木偶，也就是人像。

陶俑，指由陶土捏塑成形的俑，也就是烧制而成的俑。

“啊，制作得真是到家。”柳宗元发出赞叹声。

白乐天咬闭嘴唇，一语不发，表情看似在发怒。

“空海，如果这是俑的话，岂不表示……”

话说到这里，逸势似乎不想再说下去，硬又吞回嘴里了。

所谓俑，是指埋葬在皇陵的仿真人偶，属于墓穴陪葬的葬具之一。

用木造的就叫木俑，用陶烧制的则称为陶俑。

最早的时候，是以真人殉死，陪葬王陵，后来才改以俑替代。

始作俑者，其无后乎。

孔子便曾如此说过。

“从地点来看，这应该是始皇帝的陪葬品吧。”空海说完，转过身向后望去。

秦始皇陵墓巍然耸立于对面，高约八十米，东、西、南、北各宽三百六十米。

说起来，是座人工堆造而成、巨大的小高丘。

空海所站立的棉花田，正位于始皇陵墓东侧——约一点八公里处。

“大概是吧。”柳宗元说。

“是这样吗？果真如此，始皇帝死于始皇三十七年……”

逸势用兴奋的口吻说道。

“千年以上的旧事了。”空海说。

秦始皇驾崩于沙丘平台，时值公元前二一〇年。

空海入唐，停留长安，是八〇五年。

正确算来，始皇帝死亡迄今，已经过一千一百一十五年的悠悠岁月了。

这真是……

面对时间的洪流，逸势竟无言以对。

“这整片田里，大概都埋藏着相同的东西。”空海说道。

“这么多……”徐文强发出哀鸣的声音。

“这下子可挖不完了……”大猴话毕，却没人笑得出来。

“此话当真？”柳宗元问。

“没错。先前我来回走了一遭，察看这里的地气。地底似乎埋藏着刚刚断气的尸体，而且是整片田……”空海像要甩开缠绕在身上的无形蜘蛛网一般，身子微微抖晃。

“这片土地所遭受的咒力十分强大。不过，既然是始皇帝的陵墓，具有如此强大的咒力，也就不足为奇了。只是……”空海喟然长叹之后，环视了广袤的棉花田。

棉树抽出的新绿，任风吹拂摇摆。

夕阳余晖之下，几朵白云浮现在苍茫天际。

无以形容……

朗朗晴天之下，怎么会埋藏着这么多无以形容的戾气呢？

对于一无所感的人，空海无法说明眼前所感受到的不祥气氛。

可是，众人的眼里，却似乎都可以见到层层叠叠横卧在这土地底下的兵俑群。

无人打破空海的沉默。

起此一咒，竟能跨越如此辽阔的时空。

“辽阔得无以形容……”

唐国的大地、子民，似乎拥有与天同等的广度。

耳边传来轻微的牙齿打战声。

空海循声望去，白乐天站在不远处。

他的身子正微微颤动着。

视线既非看着天，也非看着地，白乐天想咬住嘴唇。

然而，强烈的颤抖令他无法咬住嘴唇，也因此才发出牙齿打战声。

白乐天的视线，与其说抛向远处的虚空——倒不如说是凝视着自己的内心深处。

某种强烈的情绪与感触，似乎正紧紧攫住这个男人。

“司马迁《史记》中，曾描述始皇帝陵墓：‘穿三泉，下铜而致椁，宫观百官奇器珍怪徙藏满之。’这些陶俑，应该是守护地下宫殿的士兵吧。我们现在所看到的，正是传说中始皇帝地下宫殿的一部分……”白乐天的声音，再度颤抖起来。

这个男人，内心正澎湃激荡着无法自已的情感，他似乎想借由说话而将它压制下来。

始皇帝生前想做的，是建造供自己死后居住的庞大地下宫殿。他打算将地上宫殿原封不动地搬至地下。

据说，原为一国之君的秦王政，自从平定六国，以“始皇帝”自号后，便展开地下宫殿的建造。

他征用为数七十余万的罪犯人力，历经十二年岁月仍未竣工。

此一地下宫殿，曾遭到攻入咸阳的项羽军队挖掘、焚烧。

有关陵墓的描述，白乐天曾留下《草茫茫》诗作：

草茫茫，土苍苍。
苍苍茫茫在何处？
骊山脚下秦皇墓。

墓中下涸二重泉，
当时自以为深固。
下流水银象江海，
上缀珠光作乌兔。
别为天地于其间，
拟将富贵随身去。
一朝盗掘坟陵破，
龙椁神堂三月火。
可怜宝玉归人间，
暂借泉中买身祸。
奢者狼藉俭者安，
一凶一吉在眼前。
凭君回首向南望，
汉文葬在灞陵原。

然而，写作此诗的白乐天，至今为止，也不知道这些兵俑的存在。

柳宗元、空海、逸势三人均读过《史记》。

白乐天说的话，他们当然都知道，那是基本学养之一。

然而，面前心潮澎湃难抑的这位诗人，因为体内沸腾的东西而颤声抖语的模样使他们再度深刻地感受到，眼前所见之物的意义，那意义渗透到了他们的肺腑之中。

“就是这个……”张彦高低声嗫嚅，“就是这个！”声音高亢了起来，“去年八月，棉田所出现的，就是这个东西！”话才说完，张彦高却又左右摇起头来，“不，这是埋在地下的，我说的不是这个。当时出土的东西，跟这兵俑很像，几乎可说一模一样。”不知是否是想起那晚的事，张彦高转身像是准备往后逃，一双脚却仍然僵立在原地。

仔细端详兵俑的脸庞，性格塑造明显不一样。

一个颧骨外凸，大眼上吊；一个五官平板，鼻翼横展，眼眸细长清秀。

与其说这形貌乃偶然创作所为，倒不如说眼前真有士兵作为临摹对象来得自然。

兵俑的造型，极其写实，仿佛就会动了起来。

空海跨前一步，站到一尊兵俑面前。

他伸出手，朝俑体摸去。

“空海先生！”张彦高发出近乎悲鸣的低呼。

“没问题。”空海触摸了那尊兵俑。

他用指尖缓缓抚摩俑像表面，接着弯曲手指关节，敲了敲俑体。

有回音。

从那声音或大猴先前挟抱的模样，可感觉里面似乎是空的。

“硬的，纯然是陶制的俑……”空海喃喃自语。

“如果像真人一样活动，大概马上会碎裂。”

“可是……”

“不，我不是说你看到的是幻影。事实上，你的同伴们，当时不是被杀就是受伤了。是吧？”

“是的。”张彦高答道。

“你先前说过，这地下又发出某种声音，棉田可能又要冒出什么东西来了……”

“是、是。”

噢……

空海陷入沉思。

“那至今还没出现吗？”

“还没。”棉田主人徐文强答道。

“夜里很恐怖，不敢在此逗留，但白天我都会来田里巡视。”

地下并没有冒出任何东西的迹象。

“既然如此，就这么决定了。”空海说。

“徐先生，劳烦您准备大小适当的草席、酒，再加些下酒菜。”

“咦？”

徐文强一脸诧异的神情。

“可能会有点儿冷，不过，今晚大家一边在这儿设宴会，一边等待那东西现身，不知意下如何？”

“在这儿？”

“是的。你要紧的棉田多少会毁掉一些，可是，如果趁现在把棉树先移到别处，应该没有大碍。请尽量多准备火把。我想，今晚可能会寒气逼人。”

“喂、喂！”逸势向空海喊道。

“别担心。今晚应该不会下雨。”空海跟逸势说。

“我不是那个意思。空海，这样做真的没问题吗？”

“不知道。”空海回答得很干脆。

“逸势，如果你觉得不安，可在张先生家借住一晚。各位也不要勉强。视状况而定，就算留我单独在此过夜，也没关系。”

“我会在啦。”大猴开口说话。

“我也留下来吧。”柳宗元点头说道。

“我也……”白乐天望着空海说。

“哦，这可好玩了。乐天，今宵我们何不学学玄宗皇帝和贵妃，一边眺望骊山月色，一边吟诗行乐。正巧宗元先生也在，那将会是一场欢宴。”空海爽朗地说道。

“逸势，你打算怎么办呢？”空海看着逸势。

“嗯、哦。”逸势低声嗫嚅，“我也……留下来……”说出仿佛觉悟了的话来。

【三】

众人在喝酒。

喝的是胡酒。

葡萄酿造的美酒，斟在玉杯里，再送至唇边。

棉花田中铺着席子，男人们团团围坐着。

倭国的空海。

橘逸势。

旷世诗人白乐天。

孤高的文人，《江雪》的作者柳宗元。

他们一边斟饮胡酒，一边乘兴在纸上写诗，然后于月光下吟诵。

逸势吟毕。

“那下一个我来——”兴致高昂的柳宗元随即出声，且挥笔成诗，当场吟诵。

而后面向白乐天：“接下来该你了。”

沉默的白乐天从柳宗元手上接过笔来，脸上没什么表情，一口气写了下来。写毕，白乐天自顾自地吟唱起来：

骊山边地下宫殿，
春夜皎月想秦王。
胡酒欲饮无管弦，
风索索月满玉杯。
…………

诗文颇长，白乐天不苟言笑，仰天独白似的沉吟着。

这是一首情深意切、端整优美的诗作，的确与这个男人很相配。

接下来是空海。

耿耿星河南天明，
玉杯揭天想太真。
皎月含唇陶醉月，
…………

这是承接白乐天诗中的“月满玉杯”而作。

此处的“太真”，正是杨贵妃。

承接白乐天诗句而成的这首空海的诗作，不但玩弄文字，又似自我沉醉于诗句本身般扩展、流泻后，突然一转，变成说理：

一念眠中千万梦，
乍娱乍苦不能筹。

人间地狱与天阁，

一哭一歌几许愁。

吟哦片刻，空海戛然而止。柳宗元感慨万千，发出了既非喟叹也非呻吟的声音。

“咦，空海先生，真是令人吃惊。您刚刚所念的是什么呢？此作已超越诗理，却还像诗般摄人心魄啊。”

柳宗元毫不隐瞒他对空海的惊叹。

其赞赏方式也非常率直。

“乐天，您觉得如何？”柳宗元问白乐天。

“嗯，了不起。”白乐天简短答道。

他的身体之中似乎正翻腾着某种深沉的情感。他屈起单膝，左手环抱膝盖，右手托持酒杯，凝望着月光下濡湿般闪闪发光的棉田。接着，他的双眼又巡绕于地洞深处。

环抱单膝的姿态，看来犹如任性、别扭的孩童。

大猴站在地洞边缘。

这名彪形大汉滴酒不沾，环抱胳膊，俯视洞穴底部。

一旁是棉田主人徐文强，及其友人金吾卫官吏张彦高。

虽然备有席子，他们却未入座。徐文强与张彦高两人，担心之下，毫无举杯的兴致。

此外，还有五名手持兵器的卫士。

洞穴底部，有几尊挖到一半，已看得到上半身的兵俑，以及一颗颗俑头。

这些已逾千年的出土陶俑，正沐浴在月光之中。

此时，心事如涌的白乐天望着洞穴深处。

“真是世事难料啊……”他喃喃自语道。

“正因世事难料，才是人世间啊。”柳宗元回话。

“空海先生……”白乐天突然嗫嚅道。

“是。”

“您这一生所为何来？”

“你问的可是个难题啊。”

“说得也是。”白乐天知道自己的问题很是深奥。

“明白这一生所为何来，就可知道自己是个什么样的人了。”

“没错。”空海颔首同意。

“人存在这个世间有什么意义，又为什么而生？只怕谁也无法回答。或者，都要由以后的历史来答复也说不定。可是，就我个人来说……”

“我了解您的意思。”

“自己到底是谁，并非由神明所决定的。归根究底，还是在于个人。你想成为哪种人，就会变成哪种人吧。”

“……”

“我最近总算稍微明白了这一道理。写诗的白乐天也常迷惑，可是，至少比白居易自在些，不会那么迷惘。”

“这话怎么说？”空海等待白乐天继续说下去。

“因为白居易迷惘时，只能猜测。若是诗人白乐天的话，到底该怎么做，答案有时却是非常清楚的。”

“……”

“空海先生会写诗，那就是诗人了。如果想维持诗人的身份，便得写诗。必须即刻抛下手边的工作，勤于作诗。可是，成天光写诗，人是无法生存下去的。其实，每个人都生存在各种立场之中。既是人家子女，也是朝廷命官；是诗人，也是某人的友人……”

“……”

“人就生存于这无数立场相互交叠的人间。如果能从中只挑选一种生存方式，那将是无比快乐的啊……”

“诚然如此。”

“不过，空海先生，看来，至少我还是想维持着诗人身份的。”

白乐天手持斟满葡萄酒的玉杯，一饮而尽。

“空海先生，您真是才华洋溢。可是……”白乐天欲言又止。

“请说下去。”

“不，我无法说得恰到好处。找不到适当的语句……”

“……”

“这么说吧。你和我截然不同。就诗而言——”

“就诗而言？”

“换句话说，我的才气是为诗而生的。借由诗，才能发挥出我的才气……”

“……”

“可是，你的话——”

“如何呢？”

“诗似乎是为了你的才气而存在的。对你而言，不论诗的内容或形式，仿佛都是为展现你的才气，而存在于这人世间……”

白乐天一时沉默了下来。

“那也算是一种幸福吧。”随后，他喃喃自语道。

“幸福？”柳宗元说。

“我是说贵妃……”白乐天淡淡答道，就再也不说话了。

【四】

“应该快了。”过了一阵子，空海开口。

“什么应该快了？”柳宗元问道。

“某事快要发生了。”

“空海，到底会发生什么事啊？”逸势惴惴不安地问。

“不知道。”空海回答。

“但，那种感觉愈来愈强烈。”

“什么感觉？”

“束缚着这一带的咒力。”空海无意识地环顾四下答道。

那力量，宛如从天而降的月光灵力，无声无息地渗透进入这片大地，在大地内部愈积愈多。

在磁场、磁性、大地与大气之间，那股压力正在逐渐增强。

此时，一轮明月正要移至中天。

换言之，月亮在其轨道上一步步向上爬升。

大地的相貌，已经逐渐改变成另外一种模样了。

但也只有空海一人感觉得出这件事。

月光同时射入地洞，在兵俑的脸孔、躯体上映照出浓浓的阴影。

“动、动了……”惊怯的声音，从徐文强嘴中发出。

他满脸恐惧地俯视洞底。

他双眼圆瞪的脸孔，在地洞周围的红色篝火中摇晃着。

“怎么了？”

“那、那陶俑……”

空海站起身来。

“喂、喂——”逸势站了起来，柳宗元、白居易也起身了。

空海急忙奔向地洞旁边。

“大猴，怎么了？”空海问一直站在洞旁的大猴。

“刚刚有些失神，没看清楚……”

“的确动了。你看，露出上半身的那个陶俑……”空海直盯着那陶俑看。

不过，看不出有任何动静。

只有月光，将那陶俑的影子，深深映照在洞底的泥土之上。

“头、头动了。我看见陶俑这样动了一下。然后，眼珠子跟真的一样，转向我这边看。”

“冷静点儿，并没动。”空海说完，用手拍了拍徐文强的肩头，“你还是不要看的好，先到那边休息一下吧。”接着，朝逸势使了个眼色，“逸势，劳驾你把徐先生带到席子那边坐一坐吧。”

“好。”逸势脸上一阵青白，几无血色。

他拉着徐文强的手，问道：“空海，这跟洛阳的植瓜术一样吗？”

“大概吧。”

空海与逸势入唐后，抵达长安前，曾暂时停留于洛阳。两人在洛阳，观赏了不少街头卖艺的表演。所谓的植瓜术，正是其中之一。

将瓜的种子撒在土里，在众人面前让它立刻生长、结果，最后卖出瓜果。

施术之人先强烈暗示围观看热闹的群众，再让他们看到非现实的幻觉。

丹翁老人，就曾在洛阳耍弄这套把戏。

仅仅不过两天前的夜里，丹翁才跟他们在杨贵妃坟墓之前重逢。

“何时会动，它何时会动？”徐文强凝视陶俑，内心不停地这样想着时，便已在暗示自己了。

正巧此时——

“应该快了。”空海又喊出了这么一声。

正是这句话，让徐文强产生了幻觉。

必须严加戒备。

敌方大概已经知道空海、柳宗元等人前往徐文强家棉田一事。

就算空海及柳宗元等人，如何不为人知地离开长安城，只要找人监视徐文强家，终究也一定会知道此事。

逸势回到地洞边时，“噢……”不知从何处传来低沉的呢喃声音。

“噢……”还有其他声音回应着。

“我听到了，空海。”逸势说。

“嗯。”

“这不是幻觉吧？”

“应该是真的声音。”空海答道。

“那、那、那些陶俑，我感觉到他们开口说话了。”张彦高说。

“不。”空海斩钉截铁地摇头。

“至少，我好像听到了——”

“那不一样。听好，你得意志坚定些。要不然，后果不堪设想。”

空海话还没说完……

“咯。”

“咯。”

“呵。”

“呵。”

低沉的暗笑声传了出来。

“地面好吵啊。”

“地面是很吵。”

前面声音说毕，另一个声音马上附和。

“虽然有点儿快，我们今晚就出去吧。”

“虽然有点儿快，我们今晚就出去！”

“好。”

“好！”

传来如此的对话声。

“真的声音？”逸势问。

“真的声音！”空海答。

此时，洞穴底部靠近边缘的泥土，似乎有什么东西想要爬出来，泥土表面蠕蠕而动。

“啊……”白乐天低呼，声音哽在喉头。

他低头俯视的穴底土中，真的有东西出现了。

白乐天吓得往旁边跳开。

粗大的手指，正要破土而出。

“空海，这个是？”逸势问。

“是真的——”空海答。

【五】

右手破土而出，钩状弯曲的手指，在月光下蠕动。

手指似乎在搜寻可以抓握的东西，好作为爬起的支点。

接着是左手。

跟右手一样，指尖先出来，接着手、手腕、手臂一一向上伸出。

然后，头部——

“逸势，全都要出来了。”空海厉声说道。

话还没说完，别处又冒出新的手指。

手指在蠕动着。

“怎么办，怎么办才好？”逸势高声说，出手抓住空海的左袖。

“沉住气。”空海一边探看洞穴，一边说。

这时候，兵俑头颅已从泥土里推挤了出来。

“天啊，那东西！”大猴兴奋地大呼小叫。

张彦高、柳宗元、白乐天站在地洞边上，满眼惊惧地朝下探看。

行动较缓的另一尊兵俑，也开始从泥土中探出头来。

“空海先生，要用石头往下砸吗？”大猴问道。

“不，就这样静观其变。”

众目睽睽之下，月光之中，两尊巨虫般的兵俑破土而出。

“大猴，看样子还得好一阵子。你去把酒拿来，把柳先生、白先生、逸势的也一并拿过来。”

“是。”答应后，大猴走向宴席去拿葡萄酒和玉杯。

“咦，酒？”逸势望着空海。

“嗯。”空海点头的空当，大猴已折返。

“拿来了。”

“各位，难得目睹旷世奇景，我们干脆以奇景为下酒菜，大家来一杯如何？”

空海把玉杯斟满葡萄酒，分递给众人。

“说得也是……”柳宗元面不改色，接过已满注葡萄酒的玉杯。

“这是倭国情趣吗？”

白乐天也接过玉杯。

逸势、大猴，也都手持玉杯。

“先等着吧。”空海已充分掌握现场的主导权。

不久——

最先蠕动的陶俑已爬出地面。接着，后续蠕动的陶俑也出土了。二者伫立在地面之上。虽说出土，其实还在洞穴底部。

“终于出来了。”

“终于出来了。”

两尊陶俑在洞底对谈着。

陶俑头部几乎已触及洞缘。往洞口再跨一步，仿佛就可踩到俑头了。

“空、空海——”

逸势像是慌了手脚，不知如何是好，唤了空海一声。

“噢。”

“噢。”

两尊陶俑开始转动上半身。

动作看来不太顺畅。也许，人偶凭借自我意志行动时，动作就是这样的。

“好吵啊！”

“好吵啊！”

头部转动，两尊陶俑同时抬头望向出声的逸势。

“哇！”

逸势大叫一声，身子直往后退。

陶俑慢慢地跨开脚步，朝着坡道走去，打算上到地面。

众人震惊得直往后退，空海却站在原地不动。

“喂、喂，空海，危险啊。”逸势从后方叫唤他。

然而，空海却挺立原地，似乎打算迎接这两尊兵俑。

大猴丢下手中的酒杯，随手拿起搁在一旁的铁锹，站到空海身旁。

空海将手中的酒杯小心地收入怀中后说道：“大猴，我没开口允许，千万别动手。”

“我知道。不过，要是苗头不对，我可得先斩后奏。”

两尊兵俑各佩腰剑。俑体虽系陶烧而成，佩剑却像真物。

此前俑像出土时，数名卫士曾因之丧命。

“空海先生，请退下。”张彦高手握利剑，与五名卫士挡在空海面前。

“别担心。真要发生什么事，大猴应该可以对付。”

“可是，空海先生，您这样很危险。”

“不，我有话要对他们说。”

“有话要说？”

“没错。您先别管这个，请替我留意周围的动静吧。”

“四周还会有什么吗？”

“我也不确定，总之，拜托你了。”

张彦高正感到纳闷之时，两尊兵俑已从洞底爬出。

“快去——”空海催促张彦高之后，走近兵俑。

身旁的大猴也同步向前。

两尊兵俑视线转向空海。

空海拿捏适当的距离后，停下脚步。

双手紧握锹柄的大猴，较空海更踏前半步才停住。

“你看！”

“你看！”

两尊兵俑发出声音。

“提早一天弄醒我们。”

“破坏了我们的好梦。”

兵俑面无表情，无法眨闭的双眼看着空海。

若是仔细地看，会发现它们眼球涂白，仅在中央画上瞳孔，是一对毫无生气的眼眸。

“不，这样反而省去很多气力。”空海答道。

“省去？”

“气力？”

“没错。”

“省去什么？”

“什么气力？”

“省去挖出你们的气力。还有，也省去挖出你们再搬运出地洞的气力。”

“什么？！”

“什么？！”

“话说回来，这到底是怎么回事？”空海问。

“怎么回事？”

“怎么回事？”

“你们这样做，到底为了什么？有何目的？”空海继续问道。

“呵呵。”

“哈哈。”

两尊兵俑笑了起来。

“你在背后操弄这两尊兵俑，为的是什么？”

空海说出“你”这个字眼。

也点破了“操弄这两尊兵俑”。

空海的交谈对象，与其说是兵俑，还不如说是其他的存在物。他似乎是通过兵俑，在质问着兵俑以外的东西。

“呀，为的是什么？”

“嗯，为的是什么？”

“能告诉我吗？”

“怎么行？”

“不能说！”

两尊兵俑断然答道。

“请务必告诉我！”空海又说。

“真啰唆！”

“嗯，真啰唆！”

兵俑一唱一和地回应着。

“碰到讨厌的苍蝇，怎么办？”

“碰到讨厌的苍蝇，就宰了他。”

兵俑之一伸手拔出腰剑，手握剑柄。

正当兵俑“嗖”的一声拔出剑时，“啊……”大猴口中也迸出呐喊，随即“砰”的一声巨响，手上仍握住剑柄的兵俑胳臂，已断落在地面了。

原来是大猴双手握锹，由上往下一口气砍断的。

砍断俑臂的铁锹，深深插进土中。

一时之间，竟无法拔出。

手臂断落的兵俑，毫无痛苦模样，独臂直朝大猴攻击过来。

大猴放开铁锹，转身面向兵俑。

说时迟，那时快，兵俑全身撞向大猴。

岩石与岩石猛烈撞击般的巨响，响彻四周。

二者胸膛与胸膛紧贴，纹丝不动。

身材高大的大猴，与俑像高度不相上下。

兵俑左手掐住大猴的咽喉。

大猴左手反扣俑像的咽喉，右手则紧抓掐住自己咽喉的俑像左腕。

看得出来，大猴正使尽全身的力气在右手上，右手因之剧烈颤抖着。

另一尊兵俑袖手旁观，并未加入这场战斗。

“空海！”逸势放声大叫。

意思是，真就这样置大猴于不顾吗？

“要我帮忙吗，大猴？”空海问。

“没问题。这点儿小事，我应付得了。不过，这家伙倒是挺有力气的……”大猴还能出声，显示俑手并未完全紧勒大猴的咽喉。

“因为地点，加上月圆的缘故吧。”空海话刚说完——

“咔嚓！”大猴右手硬生生地扯下咽喉上兵俑的左手。

“去吧！”掐住对方咽喉的大猴左手，刹那之间，仿佛穿透兵俑头部而出。

然而，情况并非如此。

由于大猴用力过猛，掐断了俑像头部。

俑头落地，发出碎裂声响。

大猴呼出一口大气，正要擦拭额头时，已断头的兵俑，竟然伸出左手，向前扭抓大猴。

“这家伙……”大猴环抱兵俑，狠狠地将之抛向地面。随即伸出右脚，用力踩穿仰身后倒的俑像胸膛。

大猴正准备拔出右脚时，另一个对手加入战局了。

“大猴，后面！”空海厉声呼叫。

不同于断腕兵俑，另一尊兵俑从后方袭击大猴。

“啊！”发出惊叫的是逸势。

不过，空海比叫声更早一步采取行动了。

兵俑拔剑砍向大猴之际，空海从后方以双掌紧贴俑像背部。

呾侄他。阿虎洛。屈洛罚底。虎刺挐莎。窭荼。者遮。者遮折。尼阿奔。若刹多。刹多刹。延多。刹也莎诃。

空海双唇发出低沉的异国咒语时，兵俑动作发生明显变化，骤然缓慢了下来。

这是《大般若经》第五七一卷的陀罗尼[1]。

其意为：

1　梵语的音译。意译为“总持”，一般认为具有神秘的力量，使持诵者获得功德，并起到对佛法不忘的作用。——译者注

“咒曰。施害莫作。具德使免。离障害故。诸愤怒尊。摧破非法。使得断灭，亦得断灭尽，祈念归赦。”

就在兵俑动作变缓之时，大猴抬起右脚，拔出深陷泥土的铁锹。

“咔嚓！”锹刃从俑头扫下，削落大半俑面和胸膛。

但即使如此，兵俑仍然奋力挣扎。空海再度诵念陀罗尼。兵俑朝前踏进两步后，终于不支前倾，无法动弹了。

【六】

突然一阵静默——

围观众人随即发出赞叹声：“太厉害了，空海、大猴！”

逸势第一个奔到两人面前。

接着，柳宗元、白乐天、张彦高一拥而上，然后是在远处观看的徐文强。

五名卫士，遵照空海的吩咐，四处走动巡视，留意各种动静。

众人聚集一处时，空海开口说道：“喂，大猴，可否请你从地洞底下搬出一尊兵俑？”

“这个简单。”

大猴下到洞底，将白天挖出的兵俑之一搬了上来。

“喂，空海，你到底打算做什么？”逸势满脸好奇地问空海。

“马上见分晓。”

空海并未实答。他叫大猴将三尊兵俑并排在地面上。

一尊是白天所挖出的，另两尊则是刚刚破土爬出的。

“诸君——”空海愉悦地环视众人说道，“这里并排着三尊兵俑像，不过，有两尊不是始皇帝陵墓所埋葬的。”接着又说，“那两尊，就是刚刚被大猴击倒的兵俑。”

“有什么不一样呢，空海？”

“逸势啊，接下来就要为大家说明白。”

空海手握铁锹而立。

“大猴，请拿火来。”

大猴从篝火中取来燃烧中的树枝，映照在俑像之上。

“请大家先看这个。”空海语毕，便用手中的铁锹，随意敲打未受损的兵俑。

锹刃插进俑像腹部，“砰”的一声裂出了个窟窿来。

“如何？”空海问。

柳宗元探出身子，凑上前看。

“看不懂。”逸势答道。

“仔细看就懂了。”

“别这样，空海，别卖关子了，直接说出来吧。”逸势脸上微微泛红，向空海说道。

“这个虽然制造得惟妙惟肖，却只是普通的陶俑。”

空海先弯腰从自己刚刚弄坏的俑像上拾起碎片递给众人传看。

“这个可不一样了。”

空海再拾起大猴先前击倒的兵俑碎片，递给柳宗元。

“原来如此，果然不一样。”柳宗元点头说道。

众人随即围聚到他身旁，仔细观看柳宗元手中的碎片：“原来如此。”

“果然不一样！”

柳宗元手上所拿的俑像碎片内侧——粘着一团黑乎乎的东西。

“大概就是这个吧。”柳宗元说。

“没错，您察觉到了。”

“这到底是什么呢？”柳宗元指着那团黑乎乎的东西问。

“是头发。”

“头发？”

“没错。大概是女人的头发。头发密密麻麻地粘贴在两尊兵俑躯体内。”

“这么做，为的是什么？”

“为了让它动。”

“让它动？”

“没错，让兵俑能动。刚刚不就在动吗？”

空海再次弯腰，捡起被击倒兵俑的胳臂。

“请看这个兵俑，肘关节处可以活动。”空海握住陶俑胳臂，转动肘关节给大家看。确实，以肘关节为支点，手臂的确可以转动。

“再看这儿。”空海指着仰卧在地、断头且刚刚还在动的兵俑胸膛处。

上面依稀描画着某种图形。

“那是？”白乐天问道。

“是异国咒文。大概是胡国文字吧。”空海看了大猴一眼。

“上面的意思是：祈愿盈满，灵宿其上。”大猴接话解释道。

“大猴，劳驾你再把俑像翻过来。”

大猴按照空海吩咐，将仰卧的断头兵俑倒翻过来。

“请看这儿。”空海手指俑像背部。

“哦！”不仅柳宗元，逸势、白乐天均惊呼出声。

因为众人一看之下，马上能读出字来。

空海手指之处，标记着汉字。

正确无误地刻有三个字。

“灵”。

“宿”。

“动”。

“这是？”柳宗元问。

“咒文。”

“咒文？！”

“对。好让兵俑留住灵力而能活动起来。”

“这样就可以让它动吗？”

“一般仅能驱动一张纸，不过，规模如此庞大的话……”

“规模？”

“是利用始皇帝陵墓那巨大的咒力，所凝聚出来的规模。”

“哦？！”

“此大地之下，埋藏着成千上万的兵俑。若在兵俑群之间埋下外形相同的东西，那东西就可接收此地的咒念，并内化成巨大的咒力了。”

“此话怎讲？”

“这两尊兵俑，制作时间还很新。”

“为什么非得加埋这东西，并驱动它呢？”

“关于这点，我也不明白。不过，倒有个方法可以知道。”

“有方法知道？”

“没错。”

“怎么做？”

“问问看。”

“要问谁？”

“在那里的人。”

空海说完，随即回过头，朝后方问道：“如何？你为什么要这样做呢？”

【七】

空海回望的，是一大片棉田，四周杳无人影，唯有棉叶在月光下随风摇曳。

“哪里？空海，谁在哪里？”逸势凑近空海问道。

“那里！”空海望向对面约莫七米远的暗处。

“没人啊。”

“有人！”空海自言自语，向前跨出半步。

“到底怎样？是你干的吧？”空海问完，等待回音。

风，轻轻抚过棉叶。幽蓝暗黑之中，无人出声。大家屏息以待，静静凝望微动起伏的棉叶尖端。

不一会儿——

“没错，一切都是俺干的……”沙哑低沉的男子声音传了过来。

那嗓音有如烂泥在锅里翻煮，低沉而混浊。听来不太年轻，是老人的声音。

“那声音……”逸势才说出口，距空海约七米远的对面，茂密的棉叶一阵摇动，蓦地冒出一团黑影，是只四脚走兽。

“是猫……”逸势说毕，“啊”的一声又把话给吞了下去。

因为那只猫突然伸直后肢，像人一样站了起来。

“喂，空海，你也来这样的地方了。”

雪白而尖锐的利牙历历可见。

妖猫用那对金绿色瞳孔逼视着空海与身旁的逸势。

“空、空海，这是不久前，我们在刘云樵家里碰见的妖物——”逸势畏怯地说道。

“俺说过了。多管闲事，要遭受报应。”妖猫每说一句话，口中便冒出一缕蓝色火焰。

“什么报应？”

“死！”

“听起来很可怕。”

“趁你睡觉时，把熔化的铅灌进你耳朵好不好……”

空海身旁的逸势，喉头发出哽住的声音。他似乎想吞咽口水，却没成功。

“或者，拿针扎你眼睛，还是要送到锅里煮？要不，放火烧死……”

妖猫以绿光炯炯的眼睛瞪视逸势。

“瞧，火已烧到脚边。”

“哇！”逸势惊叫，慌忙跳开。

“逸势，快闭上眼睛，捂住耳朵，默背你喜欢的李白翁的诗句。”

空海低声对逸势说道。

那是幻觉之火。

想当然，火并未点燃，逸势也立刻察觉了。

“可、可是……”

明知是幻觉，逸势却也无法闭上眼睛就了事。闭上眼睛，远比幻觉更恐怖。

大猴则一脸困惑。他在考虑，到底该不该飞奔出去，抓住妖猫，狠狠地打一顿。冷眼旁观者也知道，他其实跃跃欲试。

“空海先生，这妖猫，我……”不待空海回应，大猴早已踏出脚步，蓄势待发。

“哈哈哈……”

妖猫放声大笑。

“你这种角色，能拿俺怎样吗？”

“不然，你试试看！”大猴说道。

“大猴，别妄动！”空海话才说出口，大猴早已迈出他那双粗壮的腿，右手则紧握住捣毁兵俑的铁锹。

然而……

“大、大猴，在那边！”逸势叫道。

大猴朝逸势所看到的猫所在的反方向奔去。大猴迈步的前方，空无一物。

他却好像看见妖猫了。

“呀！”

一声厉喝，铁锹打杀下去。

锹刃削落棉叶，插进泥土里。

“逃了。咦，那里……”大猴再度拿起铁锹，仿佛黑猫就在那里似的，朝另一个方向奔杀过去。

这次，比前一回更早劈出铁锹。

“又逃了！”大猴懊悔地叫唤。

“危险，快趴下大猴！”

空海说话的同时，大猴似也已察觉某种危险，急忙压低身子，举锹保护自己。

“嘟！”锹柄发出声响，上面插着金属利刃。尖锐的利刃穿透锹柄，刀锋几乎贴着大猴的额头。

“别白费力气了。”妖猫开口说道。

“大猴，回来！”空海说。

“这家伙真难搞。”大猴退回来后，如此说道。

此时，佩剑早已出鞘的卫士们，听从柳宗元的命令，奔至空海面前护卫。

“请收剑退下。不然，恐会自相残杀。”空海说。

卫士面面相觑，期待指示一般，视线望向柳宗元。

“不对。那不是柳先生！”空海边说边结起手印，“唵。尾娑普罗捺。落乞叉。……半惹罗。吽。发咤……”开始念诵起“金刚网”真言。

那是让诸魔无法接近，在虚空张网的真言。

卫士们面露惊色，却一副茫然失措的模样。

反而是空海大步向前念诵真言，好保护卫士的安全。

“你别戏弄他们了。”空海向妖猫说道。

“哈哈哈——”妖猫再次大笑。

“空海，你想和俺较量咒法吗？”蓝色火焰不断从妖猫口中喷出。

“咻！”

“咻！”

蓝焰一如鬼火，飘浮在妖猫四周。

空海若无其事地说："在下有事想请教阁下。"

"哦，说来听听。"

"阁下与杨贵妃殿下有何因缘呢？"空海如此问完后，妖猫顿时沉默不语。

不过，它的躯体却似乎逐渐变大，整整爆胀了一倍。

"你又在卖弄小聪明，空海……"妖猫躯体继续在变大，身旁也吹起阵阵强风。

骤风吹得棉叶沙沙作响，卷起一阵风。

旋风之中，无数鬼火闪现舞动。

仿佛有一股隐形的强大力量，不断发出响声，正要显现。

逸势近乎悲鸣地哀叫出声时——

"喂！"

空海一旁——左边黑暗深处，传来低沉嗓音。

是男人，且是老人的声音。

以后肢站立的妖猫，转头望向传出声音处。

"吓！"

一声狂吼。

金绿色瞳孔凝视的方向，出现了一个黑影。

体形纤细——人影慢条斯理地走近了来。

"你是丹……"妖猫说道。

诚如妖猫所言。靠向前来的，正是空海也见过的丹翁。

来到长安之前，空海与逸势曾在洛阳见过丹翁。不久前，又在马嵬驿的杨贵妃墓前相遇。

丹翁在妖猫跟前止步。

“久违了！”丹翁颇有感慨地说。

“哦，是你呀。哦……”妖猫发出喜悦的叫声。

“你果然还活着！”

“俺可没那么容易死啊。”

丹翁慢慢且带着哀伤似的摇了摇头。

“大家都死了……”

“唉，俺还活着。你也是。青龙寺也……”

“那都是往事了。事到如今，为什么你要在京城引起这般的骚动……”

“难道你不明白？这是为了什么，你当真不明白吗……”

以后肢站立的妖猫突然缩小身子，恢复四脚落地的站姿。

妖猫四周燃烧着的鬼火，颜色也渐次变淡，慢慢消失了。

“既然如此，在你明白之前，俺必须继续……”

“继续什么？”

丹翁刚问完，即将消逝的鬼火，“啪”的一声又燃出强烈的火焰。

“苦苦。”

“喀喀。”

“咿咿。”

仿若啼泣般，妖猫发出低沉且哀寂的嗤笑。

“总之，直到你明白为止。”

“呼！”

鬼火突然消逝不见。妖猫也翻身跳跃。

猫的身影，隐逝于暗空之中。

此刻，只剩下棉叶在月光中随风摇摆。

丹翁慢慢将身子转向空海。

“空海啊，你还不去青龙寺，却来这种地方！”

“是！”

空海很是过意不去地嗫嚅道。

“丹翁先生，您认识刚刚那对手？”

“多少吧。”

“是怎样的对手？”

“这个你们无须知道。先别管这些。空海，我倒有件事要先告诉你。”

“什么事？”

“先前你们所挖出的会动的兵俑。”

“怎么了？”

“相同的兵俑，大约还有十尊埋在这儿。”

“你是说同样的吗？被人施咒，可以活动的陶俑吗？”

“没错。如果挖出来并且破坏掉，那些兵俑就不会爬出来作怪了。”

“除了去年八月自己破土而出的那两尊，是吧？”

“嗯。”

“可是，丹翁先生，为什么您知道此事？”

丹翁欲言又止，接着说：“那是因为，将这些兵俑埋在这儿的，就是我啊……”

“什么？丹翁先生，您跟那妖猫有何因缘呢？”

“因缘吗？我早忘了。那是很久以前的事了。总之，空海，这是我的私事。如果这是我必须善后的事，那你也有你该做的事……”

“我该做的事？”

“你不是为了盗取密教，才来到长安的吗？”

“是。”

“如果你要介入这件事，或许会赔上一条命。今晚，此处要是只有你一人或我一人，也许就要被那家伙夺走性命……”

丹翁说到这儿，柳宗元从旁唤了一声。

“您是丹翁先生吗？”柳宗元深深一鞠躬，说道，“在下柳宗元。”

“我听过您的大名。”

“幸会！幸会！”柳宗元颔首致意道，“最近这件事，只怕是攸关天下的大事。在下敬谨请教。丹翁大人，您若了解这事，可否惠予赐告？”

“不，这本来就是私事。私事的话，我不打算向任何人提起……”

“丹翁大人……”

丹翁充耳不闻地一步、两步往后倒退，然后望向空海。

“空海啊，今晚就到此为止。如果我们都还能活着，来日再把酒言欢吧。”不待空海回应，丹翁转身走向对面的那片黑暗之中。

空海也缓移脚步，回过神来一看，丹翁的背影早已远扬，完全消融在黑夜之中了。

此时，只剩下棉叶随风摇曳。

紧张气氛顿时解除开来，逸势也松了一大口气。

第十六章　晁　衡

【一】

西明寺。

槐树苍绿，一天比一天浓郁。

起初，树梢隐约可见点点新芽，继而膨起、绽放，待放眼望去，已蔓延成一大片淡绿了。

今年，春天比往常来得早。

温煦的阳光，洒落中庭。

空海和逸势伫立在中庭浅绿的树荫下。

“真是佩服哪，空海。”逸势望着眼前的牡丹花说。

“明明叶子还没长出，花苞倒膨成这个样子。”逸势所说的，是空海平素经常以手掌罩盖的那株牡丹花。

牡丹枝茎上，长出一个又大又漂亮的花苞。

“是你让这花长成这样的？”

“嗯，也可以这样说吧。”空海淡淡地回应。

逸势将目光移向空海，说：“空海啊，我真搞不懂你这个人。以前就觉得你有些高深莫测，来到长安，这种感觉更强了。”接着又说，“你啊，比起我们那个日本国，似乎更适合待在唐国。”

“是吗？”

“四天前的那个晚上，也是这样。面对那只黑猫，你毫无惧色，还能沉着应付。”

“不，其实那时相当危险，多亏丹翁大人前来援助。”

“我可看不出来。至少，若我们不在现场，光你一人的话，一定可以对抗那家伙。”逸势毫不吝惜地称赞。

那夜之后，隔日、再一日，众人连着两天返回棉田，开挖丹翁所指点的数处地方，总共挖出十尊陶俑。

每尊俑像胸前，都贴有胡文咒语，背后刻着“灵”“宿”“动”三个字。手脚部位也经人精巧加工，使其更容易活动。拆解破坏这些陶俑后，内里出现大量头发。

柳宗元带走了一尊陶俑的头、手、脚、躯体等部位。

为谨慎起见，柳宗元留下两名卫士。

“让他们暂时监视着棉田。万一发生什么事，马上告诉我。”临走前，他对徐文强这样说。

“那以后，不知会不会发生什么事。”

“大概不会再出事了吧。”

“可是，空海，那天晚上出现的到底是什么啊？是猫？还是——”

“是人。”

“人能化为猫吗？”

“不。”空海摇摇头，“是人在暗中操弄猫，有时也能让自己看起来就是猫。”

“是人吗？”

“大概是吧。”

“不过，暗中操弄猫的人，他到底想干什么呢？”

“我怎么会知道。”

“可是，你不是一直觉得，刘云樵宅邸事件跟徐文强棉田事件有关联吗？”

“是啊。”

“两者之间的关联，我大概猜想得到，因为刘云樵宅邸的那只妖猫，也出现在那片棉田。”

“嗯。”

“不过，你跟妖猫提到了杨贵妃的事。难道贵妃的事也跟猫扯上关系了？”

“没错。”

“为什么你认为他们有牵扯？”

“你还不明白吗？”

“嗯？”

“想想看嘛。”

“完全摸不着边际。”

“那么，你先想想，在刘云樵宅邸出现的妖怪，曾说过什么话？”

“什么话？妖怪说了一堆，我答不出来。”

“譬如，妖物不是这样说过吗，‘要用绢布勒死你’。”

“哦。”

“白乐天在马嵬驿也说过，贵妃是遭人用绢布勒死的。”

“哦。”

“此外，被妖物附身的刘云樵之妻，变身为老妇之后所跳的舞曲，不就是李白翁作的《清平调词》吗？”

“嗯……”逸势沉思了片刻。

逸势当然知道《清平调词》是为贵妃而作的。

说起来，正因为得知此事，空海才决定一探马嵬驿的。

“事情果真如此？”

“没错。”

“可是，到底谁搬出了贵妃遗体？是那只猫干的吗？”

“这我也不知道。”

“我想起来了，空海。石棺的棺盖内面，不是沾满血迹抓痕吗？到底是谁抓的？依我看，那些血迹，像是已下葬的贵妃突然苏醒，拼命想逃出而用指甲挠抓棺盖所留下来的。”

“既然你这么想，事情大概也就是这样吧。”

“空海，你别爱搭不理的。关于那件事，你有什么看法？”

“我跟你想的一样。”

“现在回想起，还是让人不寒而栗。要是自己被埋在地下，像贵妃那样从地棺里醒过来，我会变成什么德行？大概也会挣扎着乱抓个不停，在二度断气前就发疯了吧——”

逸势似乎正在想象自己在地底石棺中悠悠醒来的情景，耸着肩，微微弓起背来。

“空海，柳宗元大人说，有信要麻烦你看，那也跟此事有关？是晁衡大人的信吗？”

晁衡，也就是倭人阿倍仲麻吕。

“嗯。”

"对了，柳大人的信差也快到了吧。"

"嗯——"空海颔首点头。

是日，空海和逸势接受了柳宗元之邀约。

柳宗元握有据说是阿倍仲麻吕所写的信件，要请他们解读。

只是，由于信涉机密，必须避人耳目，所以会面地点悬而未决。

"我会派人去接你们。"柳宗元这样说。

"届时我会安排一切，你们只要跟着信差走，他会带你们到我这边来。"

约定之日就在今朝。

晓鼓已鸣毕。在此时辰，柳宗元信差随时会到。

两人说话的空当，"空海先生——"大猴身影出现，出声叫唤，同时朝空海与逸势方向走来。

他的后方另有一名清瘦男子的身影。乍见之下，像是一只老狐狸。

与其说他是官人模样，还不如说他一派文人气。

男子唇边留着轻描淡写的髭胡，眼睛细小，宛如机警的动物。

"柳先生的信差。"大猴低声说道。

大猴身后的男子朝着空海和逸势殷勤行礼。

"在下韩愈。"

空海与逸势也回礼，报上自己姓名。

"我来迎接客人，"韩愈高度警戒的视线，须臾不离空海，"我这就带两位到柳宗元处。不过，先有一事相告。"

"什么事？"

"关于晁衡的信。"

韩愈说毕，脸色笼上一层阴影。

"怎么了？"空海问。

韩愈唯恐有人偷听似的，目光四下巡视。

杳无人迹。

即使如此，韩愈依然不放心，停顿了好一会儿才开口。

"老实说，昨晚，晁衡的信不知被谁偷走了。"

为了说出这句话，韩愈仿佛耗尽了肺中的空气。一说完，他急忙深深地吸了一大口气。

"真的吗？"逸势问。

"是的，千真万确。"韩愈明确地回答。

【二】

木制车轮啮咬泥地、碎石的震动声响，从腰际传到背部。

此刻，空海和橘逸势坐在马车里。

马车可容纳四人，每边对坐两人。空海和逸势并肩而坐，对面是韩愈。

马车外面，垂挂着布幔，隔绝了由外窥视车内动静的可能。

"抵达目的地之前，抱歉不能多说些什么。"

起程时，韩愈跟空海和逸势这样说。

之后再无下文了，韩愈近乎固执地紧闭嘴唇。

马车一出延康坊，便往东前进。

走了一阵子，在崇德坊拐向南行，继而在宣义坊拐往西方。

逸势察觉有异。

“喂，”他小声地对空海说，“这不是又折回来了吗？”

坊与坊之间的大街，各朝东西和南北延伸，呈棋盘方格状。

换句话说，马车朝目的地前进，先往东，再往西，就等于往回走。

“为什么故意绕远路？”

走了一会儿，这次是往北拐。

这还是走回头路。

“空海，这是怎么回事？”

“大概是想查看有没有谁在跟踪吧。”

如果确认无人跟踪——

“总会到达目的地吧。”

大概就是这样的看法了，空海将背靠在椅背上。

马车“嗒嗒”地走了好一阵子，穿越某个坊门。

“像是永乐坊。”逸势自顾自地说道。

不久，马车停住了。

“两位请下车！”韩愈说。

两人走出车外，此处是有着半圆屋檐样式的土墙所围造的宅邸中庭。

悄然不见人影。

数棵槐树耸立。

新芽乍萌的牡丹花丛、池塘，点缀其间。临池有株巨柳，长长的枝条垂挂水面。

真是宏伟的宅邸啊——

逸势用这般的眼神望向空海。

“这边请。”说毕，韩愈便往前走去。

空海与逸势紧随在后。

一行人穿过宅邸入口，来到内宅。

依然不见人影。

继续穿越设有炉灶、锅镬的房间，再往里面走。

“就是这边……”

韩愈停下脚步。

眼前是一扇门。

“空海先生和逸势先生已经带到。”韩愈出声朝门内招呼。

“请，快请进来。”房内传来柳宗元熟悉的声音。

【三】

窗在右，柳宗元面桌而坐。

空海和逸势坐在柳宗元对面。

韩愈也围桌坐着，迎面看过去，窗在空海和逸势的左方。

桌上有茶，盘内盛装着甜点，有杏脯，以及数种胡国点心。

“此地是友人住家。经我无理请托，特意空了出来。他当然不知道我要与谁会面，也不晓得我今天会到这儿来。”

柳宗元说毕，目光望向空海和逸势。

“用这种形式招呼客人，我先向二位致歉。”

“哪里。”

“这么做，是为了保密。”

“您倒不用顾虑我们二人。听说徐文强的棉田，后来似乎没什么动静。”

“每天都有回报，但没什么异样。”

“棉田陶俑的事，您报告上级了吗？”

“是的。我已亲口禀告王大人了。”

“王大人怎么说？”

“他交代，暂时别对外透露。士兵、金吾卫官员也都要保密。”

“总有一天，这事还是会传开来，成为街谈巷议的。”

“我也这么想。”

“王大人现在有何打算？”

“等适当时机，再把种种事情禀告皇上。”

“种种事情，您指的是？”

“贵妃之墓被盗挖、刘云樵宅邸事件，以及目前青龙寺凤鸣和尚守护在刘云樵身边等。”

“刘云樵那边，没发生什么事吧？”

“约定的日期是十五天，如今只剩三天——”

“说得也是。”

空海和柳宗元，你来我往，淡然地交谈着。

切入正题之前，柳宗元一边和空海对话，一边在脑子里归纳所要提出的内容。不，与其说这样，还不如说他只不过想再度确认，自己是否有全盘托出的打算。

“话说回来，关于晁衡大人那封信——”

话还没说完，柳宗元深深叹了一口气。

“听说被偷走了。”

“是的。”

“知道是谁偷走的吗？”

“不知道。”柳宗元轻轻地摇了摇头，“寒舍库房中，恰堪收藏机密文书，今早却发现晁衡先生的信不翼而飞了。”

“原来如此。”

“我手中持有晁衡先生之信，包括韩愈在内，仅有极少数人知情，且藏信地点只有我本人知道。”

“不过，还是被人偷走了？”

“没错。”

“会否有人潜入库房，顺手牵羊连信也带走了？”

“库房里还搁着值钱的东西，窃贼却没下手。”

“这么说来，果然——”

“打一开始，贼人可能便已锁定晁衡大人那封信。”

“可有窃贼线索？”

空海追问，柳宗元静静地摇头。

“没有。”

“总之，也就是说，那封信对某人似乎很重要。”

“是的。”

“信的内容到底是什么？”

“就像我所说的，无法读懂，因为是用倭国文字所写。字是吾人常用之字，却以倭国语法写成。若非倭国之人，当然读不出个所以然来。”

“请教过懂倭语之人吗？”

“没有。”柳宗元又摇了摇头，“因我觉得随意让人得知内容并不好。我只知道，信上记载与杨贵妃之死相关的种种事情——”

“这话怎么说？”

“给我这封信的人这么说的。”

“给你这封信的人？”

“关于这点，现在不便透露。把这封信的事告诉外国人，我也犹豫了一阵子。”柳宗元望着空海，继续说道，“我从白居易那儿听到不少贵妃陵墓之事，也知道她的遗体不在墓里。空海先生，想必你也已经知晓此事。正因为如此，我才想跟你讨论晁衡的信……”

“结果，事到临头，信却被偷走了。”

“是的。”柳宗元点头说道，“不过，有件事还没对你说。”

“关于给你这封信的人吗？”

“不，是别的事。”

“什么事？”

“先前所提过的刘云樵事件。”

“你说的是？”

“我也耳闻，刘云樵宅邸出现一只奇怪的猫，竟然能预言先皇之驾崩。关于此事，我们瞒着皇上多方访查，终于有了眉目。”柳宗元突然中断说话，定睛凝视空海。

“请继续说下去。”

“老实说，刘云樵未必与贵妃之死完全无关。”

“是吗？”

“说有关，指的并非刘云樵本人和贵妃有牵连。”

“怎么说？”

“与贵妃有关的人，其实是刘云樵的祖父——刘荣樵。”

“刘荣樵？”

“是的。刘荣樵曾以近卫军的身份护卫玄宗皇帝走避安史之乱，逃到蜀地。”

“原来如此。”

“据说，他是马嵬驿叛军核心分子之一。杀了贵妃兄长杨国忠，用长矛刺举其首级。同时，逼迫玄宗皇帝处决杨贵妃的叛军，刘荣樵也名列其中。据说，以长矛刺举贵妃之姐韩国夫人首级的人，正是他。”

“哎——”

“此事是白居易告知的。”

“是白居易？”

“关于玄宗皇帝和杨贵妃之事，他似乎另有看法，老早就在调查。关于这两人，他所知甚多。”

“这么说来，端倪隐约可见。”

“是的。如今，长安闹得满城风雨，似乎全与贵妃有关。”

说毕，柳宗元总算察觉了一般，伸手到桌上。

“呀，我真是怠慢。准备了茶水，却只顾说话……”

柳宗元拿起茶罐，准备泡茶。

“还是让我来效劳吧。”韩愈起身，从柳宗元手中接过茶罐，将茶叶放入各人的茶碗里，并以热水浇注。

茶水稍稍凉却，缓缓渗出茶色来。

逸势喝了一两口茶，再拿起甜杏脯送进嘴里。

空海只以双唇轻轻碰触了一下茶碗。

【四】

“话说，那封信——”

眼见大家都又坐定，柳宗元重启话端。

“是的。”

“似乎是晁衡大人写给李大人的。”

“是李白翁吧。”

“没错。”

“晁衡为何要写信给李白翁？”

“空海先生应该也知道，两人颇有交情。”

“当然。李白为晁衡所写的吊诗，我曾拜读过。”空海答道。

晁衡——也就是阿倍仲麻吕，于天宝十二年（七五三）返回日本。

深受玄宗皇帝赏识的仲麻吕，曾数度上书请愿返回日本，却不被允许。

最终准许仲麻吕返回日本，是在空海入唐五十一年前。

晁衡搭船返日途中，遭遇暴风雨，结果船又漂回唐土。

不知道晁衡又已安抵唐土的李白，误信他已丧命于暴风雨，曾留下题为《哭晁卿衡》的诗作：

> 日本晁卿辞帝都，
> 征帆一片绕蓬壶。
> 明月不归沉碧海，
> 白云愁色满苍梧。

失落的那封信，即是阿倍仲麻吕亲笔写给李白的。

“嗯——”逸势出声说话，“空海，真是遗憾哪。若是那样的信，说什么也要一睹为快——”

逸势不胜唏嘘地说。

“话又说回来，空海先生，且不论内容为何，那封信的开头，以及类似题记的字，我倒还记得一二——”

“你读懂了？”

“不，信上所写多为吾国文字，我才记得的。”

“所以，写得出来吗？”空海问。

“嗯，大概可以。”

“那就拜托你了。”

“不过——”

柳宗元双手放在胸上，做出确认的动作。

他似乎没准备纸、笔。

“若是笔墨，我这儿有。”

空海从怀里掏出笔、墨。接着，又拿出纸张，放到桌上。

“哦，那就可以写了。”

柳宗元从空海手中接过文具，摊开纸张。

笔蘸墨汁，忖想片刻之后，柳宗元开始动笔。

“沙沙”的运笔声中，一连串汉字出现在纸上。

写出来的虽是汉字，却非汉文，而是大和语。

是以汉字为发音符号的万叶假名。

“我想到的，就是这些了。”柳宗元将写好的纸张反转过来，递交给对面的空海和逸势。

空海与和逸势凝神细看。

“哦——”

“这是——”

空海和逸势同时轻声叫了出来。

“空海，这可是件大事啊。”

“嗯。”

空海双眼炯炯发光，仔细端详柳宗元所写的文字。

“这上面的意思是什么？”

柳宗元按捺不住，探身凑了过去。

“此处所说的，竟是杨贵妃将被带往倭国的事。”

“什么？”柳宗元惊吓得屏住气息。

其内容记载如下：

奉玄宗皇帝之命，倭国遣唐使阿倍仲麻吕，陪同太真殿下前往倭国。

【五】

十七岁时，阿倍仲麻吕以留学生的身份搭乘第八次遣唐使船入唐，时为七一七年。

彼时正当玄宗皇帝主政时代，也是宛如牡丹花灿烂绽放的大唐盛世。

仲麻吕入唐后不久，先是自称“朝臣仲满”，而后改唐名为“朝衡”。“朝”以古字书写，便成为“晁”，所以有时又署名“晁衡”。

先前所记，关于李白所写的诗，即是用“晁”这个字。

此处旧事重提，仲麻吕系安倍船守之子，七〇一年生于倭国。

同一年，李白也诞生于唐土。正如空海和白乐天年龄相近，李白和仲麻吕是同年出生的。

与仲麻吕同行搭乘第八次遣唐使船的，尚有吉备真备、僧侣玄昉等人。

入唐后，仲麻吕先至培养官吏的学校——太学研读。其后，通过科举考试，及第成为进士。这位以当时唐人眼光来看是渺小极东岛国的倭人，后来出任春宫坊司经局校书，随侍皇太子身边。

当时，大唐帝国具有上述那般的国际视野。无论汉人还是倭人、胡人，只要才能出众，均能出任唐国的重要官职。当时的科举制度，虽有贿赂、走后门的歪风邪气，却也具有擢拔人才的优点。

其后，仲麻吕被玄宗任命为左拾遗，继之又为左补阙。左拾遗、左补阙的官衔，是以天子随从谏官身份，随时陪侍玄宗身旁，可以直接与皇上交谈之人。

阿倍仲麻吕以其才华和人品，深得玄宗宠爱。

对仲麻吕而言，这是幸，亦是不幸。

七三三年，多治比广成以第九次遣唐使身份入唐时，仲麻吕曾上奏玄宗，恳求让自己随同遣唐使返回日本，但不被允许。玄宗反而擢拔他为卫尉少卿。这是从三品官，在外国人当中，仲麻吕可说是晋升至最高官衔的一人。

七五二年，第十次遣唐使藤原清河入唐。七五三年，他准备返日时，仲麻吕再度上书，向玄宗请愿返日。此次终于获得恩准，可以踏上归途了。

当时返日的一行人，唐僧鉴真也受邀随行，他打算埋骨日本。

彼时，仲麻吕已经五十三岁。

经常往来的友人，也是大诗人的王维，此时曾作诗相赠。

此即有名的《送秘书晁监还日本国》：

积水不可极，
安知沧海东。
九州何处远，
万里若乘空。
向国惟看日，
归帆但信风。
鳌身映天黑，
鱼眼射波红。
乡树扶桑外，
主人孤岛中。
别离方异域，
音信若为通。

五言律诗，以偶数句押韵。“积水”意指海上，“沧海”则为神仙居住之岛所在的大海。

当时，大唐国以为，神仙所居住的蓬莱国，就是日本国。

传说图画所描绘的蓬莱国，是驮负在漂浮于海面的巨龟背上——“鳌身”意指巨龟躯体。

当时，王维年五十五岁。

回归日本国那天终于到来，仲麻吕于船只出发前，曾吟咏那首有名的思乡和歌：

天の原ふりさけ见れば春日なる三笠の山に出でし月かも。

这首和歌曾经汉译。

往昔的长安，也就是现在的西安，立有原文连同译文的刻碑。

碑文左侧是汉译诗文，右侧则刻有李白诗作。

汉译诗文如下：

翘首望东天，
神驰奈良边。
三笠山顶上，
想又皎月圆。

然而，好不容易才起程出发，仲麻吕却因海难而重返唐土。

如果再详探内情，当时出发的遣唐使船共有四艘。

清河与仲麻吕搭乘第一艘，该船于七五三年十一月二十一日平安抵达冲绳。其后，在航向奄美大岛途中遭遇暴风雨，船只竟漂流到今日的越南。

于是，仲麻吕再度回到长安，受命玄宗皇帝继续出仕。

安史之乱爆发时，五十五岁的仲麻吕，人在长安，随侍玄宗皇帝与杨贵妃。

叛乱起于天宝十四年（七五五）。

一般认为，玄宗皇帝与杨贵妃逃离长安，走避蜀地时，阿倍仲麻吕当为随从人员之一。

前面已提过，玄宗逃往蜀地途中，途经马嵬驿时，随扈官兵谋反，玄宗不得不亲自下令赐死杨贵妃。

如果仲麻吕与玄宗同行逃难，这些事他应该亲眼所见。

乱事平息后，玄宗由蜀地返回长安，仲麻吕出任左散骑常侍。玄宗死后，肃宗上元年间，他远赴现今河内，出任镇南都护。

七六六年，镇南改名安南，仲麻吕出任安南节度使。

翌年，他卸职返回长安。三年后的代宗大历五年元月，亦即七七〇年，仲麻吕病逝长安。享年六十九岁。

那时，玄宗、杨贵妃、李白皆已撒手人寰。

史书如此记载。

只不过——关于杨贵妃的生死，后世有众说纷纭的传闻。

传说最多的是，杨贵妃——杨玉环这名女子并未死于马嵬驿，而是远遁至蓬莱国。

蓬莱国，指的就是日本国。这说法委实令人难以采信。不过，日本存有数处杨贵妃之墓却是不争的事实。

其一位于山口县向津具半岛，面临油谷湾的二尊院内。

坟墓以石塔建造，塔形为五轮。

此坟墓由来如下：

据说，死于马嵬驿的杨贵妃，实际上是替身，贵妃本人则平安抵达日本。

又据说，贵妃流亡日本的计划，主谋为玄宗最信任的宦官高力士，另一则是在马嵬驿主导叛乱、对贵妃来说是敌方的陈玄礼。

高力士是奉玄宗之命，执行赐死杨贵妃的当事者，陈玄礼则以叛乱主谋之身份，负责验尸。当时，两人若密谋，保住贵妃性命，协助逃往远方，倒也不无可能。

换句话说，传言指称，马嵬驿造反主谋陈玄礼，因同情将死的杨贵妃而放她一条生路。

陈玄礼与高力士共谋，杀死侍女作为替身，好让杨贵妃逃离。

正因搭载杨贵妃尸首的轿子为高力士所运送，且由陈玄礼勘验，密谋才得竟全功。不过，真相是否如此，便不得而知了。

另有一说，当时在幕后活动的人是安禄山。

史书记载，安禄山比杨贵妃年长，却是杨贵妃养子，两人实际存有暧昧关系。

自玄宗的年龄观之，他必然无法满足年轻的杨贵妃的闺房之需。事实上，当时后宫众妃偷诱男色之事确曾发生。然而，即使杨贵妃与安禄山有这层关系，在当时那种状况下，欲营救贵妃一命，似乎不太可能。

再回头来谈油谷湾传说吧。

话说杨贵妃搭乘的大船，囤积了不少食粮，自现今的上海附近出航日本。

据说，该船航行之后，东漂西荡来到油谷当地。

传说叛乱平定后，玄宗念念不忘杨贵妃，于是派遣方士东渡，赠予贵妃两尊佛像。杨贵妃也摘下金簪，托付方士回赠玄宗，自己则滞留日本直到驾鹤归天。

这是杨贵妃东渡油谷的传说细节。

顺带一提，向津具半岛安佐地方，曾出土有柄细形铜剑。此有柄铜剑，显示当地与唐土有所往来。因此，便被视为贵妃东渡的证物。不过，依笔者之见，这种证据十分薄弱。

总之，久津二尊院有一石塔，被视为杨贵妃之墓。塔形为五轮塔，据说是镰仓时代（一一八五—一三三三）所建造。以石塔为中心，外有十五六座的五轮塔相绕。据说，这些外围五轮塔是贵妃侍从的坟墓。

此外，京都泉涌寺也有一尊菩萨像。

此菩萨像被供奉在观音堂内，名为“杨贵妃观音”。

先前已提及，书册记载，玄宗曾派遣方士搜寻杨贵妃。方士千里迢迢抵达蓬莱国，并将玄宗托付的两尊佛像寄存贵妃身边。

根据另一说法，其中一尊就是泉涌寺的杨贵妃观音。

然而，泉涌寺的寺传记载，与此略有出入。

该菩萨头顶戴妃冠、单手持白花，是玄宗伤痛贵妃之死所造。天正七年（一五七九），泉涌寺僧人湛海留学唐土（明国）将其携回。

《都名所图会》记载：

> 观音堂之本尊圣观音，系玄宗皇帝与杨贵妃别离，临摹追忆贵妃形貌所作。补陀山之匾额同出此帝亲笔。

令人兴味十足的是，据说，这座泉涌寺为空海所创建。

《都名所图会》又记载：

> 该寺为弘法大师开山立基，其后文德帝御宇齐衡三年，左大臣绪嗣公再建，成为天台宗，称名“仙游寺”。意指此山为仙人云游之地也。

在热田神宫也有怪诞传闻。

据说，杨贵妃实为神宫祭神赏赐玄宗之物。

玄宗皇帝平定中国四百余州之后，亟思出手拿下日本国。祭神得知此事，将倾国倾城的杨贵妃送进唐土，借以紊国乱世。

因此，当安史之乱起，杨贵妃虽已遂愿而死得其所，其魂魄却飞返蓬莱国，隐身蛰居热田。

其后，平息叛乱返回长安的玄宗，派遣方士杨通幽，寻觅杨贵妃魂魄栖息之所，最后打听到栖息于日本蓬莱山。

方士与贵妃魂魄相会后，返回唐土禀告玄宗。玄宗悲不可抑，病情加重而死。

以上是传说的内容。

传说梗概见诸《仙传拾遗》《晓风书》。

奉秦始皇之命，走访蓬莱仙山、寻觅长生仙丹的徐福，也曾来到热田神宫。

《东海琼华集》记载，徐福曾说："此处即为蓬莱宫。"

根据热田神宫寺志记载，杨贵妃坟冢原位于主殿西北，后移往清水社附近，最终因故将坟冢掩埋。

热田神宫另有一名为"春敲门"的门扉。

朱鸟元年（六八六），该门建于本殿东侧，贞享三年（一六八六），因热田神宫整修而移往东参道，昭和二十年（一九四五）三月遭空袭烧毁。

当时，事前拆下的"春敲门"匾额，幸免于难。而春敲门实与杨贵妃别馆同名。

如上所述，日本各地残存不少杨贵妃的遗迹或遗物。

相同传说，也流传于中国。

据《杨贵妃传说故事》所载，杨贵妃有一侍女张氏，深受贵妃宠爱。

据说，张氏自愿穿上贵妃服，替贵妃受死。

张氏舞艺精湛，貌似杨贵妃。曾与杨贵妃共舞，备受贵妃与玄宗皇帝疼爱。

由于敬爱玄宗皇帝、杨贵妃，她期盼有朝一日可以回报恩宠。

如此机会来了。安禄山之乱兴起，安禄山部众攻入皇宫。

安禄山要挟将贵妃逐出宫并处死。当时，张氏愿替贵妃受死，她挺身而出说道："让我代贵妃娘娘受死吧！"说毕，张氏穿着杨贵妃之服，于安禄山面前受刑。

贵妃之墓所埋，正是张氏尸骸。

贵妃本人则一身民家打扮，先逃至四川，后搭船抵日。

当时，日本天皇为女帝孝谦天皇。

以遣唐使身份滞唐的晁衡——也就是阿倍仲麻吕，为贵妃引见孝谦天皇。此事记载于上述之书。

据说，杨玉环当时为证明自己是杨贵妃，曾在宫里舞了一阕"霓裳羽衣舞"。

这些传说为何流传至今？

一大理由乃出自白乐天的《长恨歌》。

此故事发生于八〇五年——当时白乐天的《长恨歌》尚未登场。

实际上，空海返日后的八〇六年，此篇长诗才问世。

《长恨歌》的内容，无疑是日本诸多传说的背景。

奉玄宗皇帝之命，寻觅杨贵妃香消玉殒的魂魄，有一方士千里远至蓬莱宫，终于与贵妃相逢，此为长诗最脍炙人口的章节：

回头下望人寰处，

不见长安见尘雾。

唯将旧物表深情，

钿合金钗寄将去。

钗留一股合一扇，

钗擘黄金合分钿。

但令心似金钿坚，

天上人间会相见。

临别殷勤重寄词，

词中有誓两心知。

七月七日长生殿，

夜半无人私语时。

在天愿作比翼鸟，

在地愿为连理枝。

天长地久有时尽，

此恨绵绵无绝期。

贵妃摘下头上金簪，一分为二，其一托付方士返回长安面交玄宗。日本诸多杨贵妃的传闻，即以此诗为基础想象编纂而成。

虽然日本书上记载，白乐天以此传说创作了《长恨歌》，不过，相反说法似乎更具说服力。既然传说故事中涉及《长恨歌》，即表示贵妃东渡日本的传说创作于《长恨歌》之后当较为可信。

只不过，既为日本传说的源头，那《长恨歌》的创作背景又出自何处呢?

继续述说杨贵妃传说之前，在此可以提出的史实，是上皇玄宗返回长安之后，曾迁移杨贵妃之墓的事实。

我们先来看看史实，平凡社《世界大百科事典》有如下记载:

玄宗返回长安，曾命人秘密改葬，但下葬所在不明。

中央公论社《世界之历史》第四卷《唐与印度》也曾提及杨贵妃之墓:

七五七年岁末十二月，上皇玄宗撇下马嵬路边埋葬的贵妃，恋恋不舍重返长安。当时虽经劝谏，上皇仍悄悄令宦官改葬贵妃。贵妃丰满玉体已成骸骨，唯有织锦香囊仍留原状。宦官将之携回，玄宗目睹贵妃随身香囊遗物，因思念而泪涌如决堤。

这些记载，皆以《旧唐书·杨贵妃传》或北宋司马光编纂的《资治通鉴》为本。

顺带一提，《旧唐书·杨贵妃传》，有如下记载:

上皇密令中使改葬于他所，初瘗时，以紫褥裹之，肌肤已坏，而香囊仍在。

香囊，意指香包，袋内装有形形色色的香木碎片。

《杨贵妃传说故事》的作者对于改葬做了以下记载:

没有证据显示，已下葬的贵妃之墓曾遭人挖掘再修复。有关贵妃葬于其他场所一事，为何不进一步详细为文？

实际上，《旧唐书》《新唐书》都强调留下了香囊，对于遗骨是否仍在，几乎未曾触及。

于是，日后才会出现，马嵬驿之墓似乎只是“衣冠冢”之说。

正史并未清楚记载，或许因为贵妃尚未离开人间。

《杨贵妃传说故事》的作者曾如此评论。

书上别处也提及贵妃尸体，虽一度被埋葬了，但也可能因为战乱而失踪。

据说，奉命挖墓改葬的宦官们不敢将实情禀告玄宗。

另有一说，一名士兵在重新处置贵妃尸体时，寻得贵妃遗留的一只鞋子，并将其携回家中，该鞋仍残余独特的香气。

此说法与中国道家尸解升天之际，只留衣服及鞋子，躯体则自坟中消失之说，有共通之点。

总之，在大批记载有关杨贵妃之死的史实文献中，有不少文献主张杨贵妃在马嵬驿之后仍幸存，此事确实耐人寻味。

第十七章　兜率宫

【一】

“空海啊……”

“空海啊……”

呼唤声响起。

声音十分微弱。

宛如在耳畔低语。

微弱的程度，像是远方传来的虫鸣。但，发出那声音的，感觉就在耳畔。或许，那声音是在更近之处，可能传自脑海。

空海正在睡觉。

他自己感觉正在睡觉。

然而，并非沉睡，还有个半醒的自己。这半醒的自己，意识到自己正在睡觉，同时也听见了声音。

“空海啊……”那声音又呼唤起来。

声音实在微弱，无法清楚地辨识性别。

男的?

女的?

到底出自何方?

空海集中精神，想听个明白。

就在意识准备清醒之时，“等等……”那声音又响起。

“醒过来反而会听不到声音。你照样躺着听……”

“听?！”

“别想逃，将你的心坦然委诸我的法术即可。”那声音说。

这天，空海和橘逸势与柳宗元相会，此刻是夜晚。

空海睡在西明寺自己的房间里。

约莫午夜过半吧。

那声音不知不觉悄悄潜入空海的睡梦中。

“空海，来……”那声音说。

“我会派个女人去接你。你随她来。”

声音死缠不放。

女人?

空海心中暗忖之际，又传来声音：“空海，明白了吗……”

“空海，怎样?”

“空海大师……”

“空海大师。”

本来是中性的声音，不知何时变成了女声。

“空海大师，请往这边走。”

忽地，空海睁开双眼，抬起了头。

一身淡蓝单衣的女子，正坐在他枕边。

“您醒来了?”女子问道。

是位美丽的女子。

青春年少，唇色红润。

清澈灵秀的眼眸，正凝视着空海。

柔软的红唇，隐约浮现微笑。

“那就请您移驾……”女子催促空海。

空海看了女子好一会儿：“原来如此……”点点头后，掀开被褥起身。

逸势仍在邻房熟睡。仿佛探视在彼端熟睡的逸势模样一般，空海望了墙壁一眼，站起身。

“有劳你带路了。”

“请随我来。”

女子起身，宛如纤细柳叶随风摇曳，轻盈地跨出脚步。

两人来到屋外。

是西明寺中庭。

青色月光，静静地映照在庭院。

女子裸足而行，轻巧地走向萌芽的牡丹花间。

一株高大的槐树长在庭院东侧。

女子似乎朝向那个方向。

来到槐树树根前，女子顿步，嫣然笑道：“这儿便是。”

“就是这儿吗？”

空海和女子并肩站立在槐树之前。

“是哪位请我来的？”空海问。

女子无言点头，抬起白净下颚，仰望树顶。

“在那儿……”

“这树上吗？”

“请从这儿爬上去，我家主人正在上面候驾。”

空海仰头寻觅，却不见任何人影。

槐树刚萌芽的枝丫，朝向夜空伸展，随微风吹拂，迎面可望见夜星点点。

“请您往上爬吧。”女子又开口。

“知道了。”说毕，空海伸出右手，抓住最底层的枝丫。

他双脚紧抵树干，将身体往上吊。

不可思议地，身体轻盈地攀上第一根枝丫。

“再往上爬！”女子声音从下面传来。

空海伸出左手，抓住更上面的枝丫。

上吧！

“请再往上爬！”女人又出声。

往上爬着爬着，不知不觉中，空海周围的槐树绿叶沙沙作响。

新生树叶的香味扑鼻而来。

刚爬的时候，新绿枝叶并没有这般繁茂。

此刻，空海却置身于绿叶的起伏波动中。不仅四周或上下，所有方向的槐树叶片都在沙沙作响。

早该超过方才在树下所见的槐树高度了。

怪哉。

再怎么往上爬，依然是在绿叶起伏波动之中。

空海默默地继续往上爬。

“请继续往上爬。”女子又出声了。

继续爬上去。不久，再也听不到女子的声音了。

自己到底爬了多久呢?

奇妙的是，愈往上爬，四周似乎愈见微明。

何时结束攀爬，空海也没个底。

只是随着空海的攀爬，上方亮度也愈来愈强。

几回感觉就快登顶了，树梢却仍在上方。

不久，他抓住一根粗壮的枝丫，拉起身体时，终于攀出树顶了。吸进的空气中，有一股微甜且馥郁的香味。

绝非某处在焚香，而是空气本身，似乎融入了无法言喻的果蜜气味。

此处既非白天，也非夜晚，不过，四面充满朦胧光晕。

眼前出现一幢家屋。

槐树顶部的几根粗枝上搭着木板，木板上有一幢房子——是木造的家屋。

房子壁面缝隙，隐约可见内部摇曳的灯火。

屋顶缝隙，冒出了一缕蓝色轻烟。

“大概是这儿吧……”空海轻声低语，稳当地在枝头上跨步。

他在木门前站住。

“空海大师，快进来吧……”门内传来的是男人的声音。

而且，听来像是老人的声音。

空海伸出右手，推开门进到屋内。

是铺有木板的房间。

昏暗室内的木板上，端坐着一位白发老人。

老人面前有个火炉，炉中有微弱的火焰在燃烧着。

“能够来到九万九千九百九十九由旬[1]的高度，真不愧是空海大师。明月就在你脚边的更下方。”

“九万九千九百九十九由旬吗？这么说，此处是？”

“兜率天。”老人喃喃自语。

“若是这样，您不就是弥勒菩萨了吗？”

“正是。”

“哎，早知如此，我应该成为方士研习玄道的。”空海回应。

玄道者，仙道也。

“为什么？！”老人一副诧异的神情。

“我根本不知道，只要成为方士，修习仙道，就能如此这般地来到兜率天。若玄道比学习显密能更快来到兜率天的话。”

空海的意思是，早知道就该研习方士修行这回事了。

“别瞎扯了，空海。”

“能不能收我当弟子，丹翁大师？”

“哦，我随时恭候大驾。”回应空海后，丹翁老人发出爽朗的笑声。

【二】

有座山名为须弥山。

根据《华严经》记载，耸立于世界中心的正是这座山。

---

1 由旬，古印度的长度单位。

其高度约八万由旬。

守护须弥山西方的尊神是广目天。

守护北方的尊神则是多闻天。

南方是增长天。

东方是持国天。

须弥山顶上，有一株高达百由旬的龙华树。

据说，出自印度教神祇之一的雷神——帝释天所居住的宫殿便在此处。

须弥山顶上，也就是帝释天居住的殊胜殿，往上九万九千九百九十九由旬处，便是兜率天。

据说，那个弥勒菩萨为了于五十六亿七千万年后以佛陀身份降临人间，曾在兜率天听释迦牟尼讲经说法。

对于即将成为佛陀的"存在"，人们称为菩萨。

先前空海和丹翁的对话，正是立足于此说法之上。

空海隔着炉，面对丹翁而坐。

"空海，你终于来了。"丹翁眯起眼睛说道。

"那晚多亏您相助，不胜感激。"

"那是私事，不必谢我。"

"私事？"

"没错。"丹翁简短地回答。

其弦外之音是：因为是私事，就别探询了，再问也是徒劳。

"今天把我找来兜率天，有何贵干？"

"空海，别急。这兜率宫，也有这样的好东西。"

丹翁自炉对面拿出一只陶瓶，搁在炉上。

甘甜香气，扑鼻而来。

“是酒吗？”

“是胡酒。”

丹翁说是葡萄酒。接着，他又拿出两只琉璃杯，搁在炉上。

“真是有情趣的雅兴。”

“你喜欢吗？”

丹翁随手在两只琉璃杯内斟上酒。

“身为出家人，你不可以喝酒吧？”

“可以。”

“倭国沙门不禁饮酒吗？”

“倭国沙门的话，即使禁饮酒，有的喝，也有的不喝。”

“你喝吗？”

“我喝。”空海满脸不在乎地回应。

丹翁兴味十足地望着空海，伸手取起斟上葡萄酒的琉璃杯，说：

“那就喝吧。”

空海手上拿着另一只酒杯。

那淡绿色的透明琉璃杯，即使在长安也是贵重物品。

“好，喝！”

两人轻轻碰撞琉璃杯缘，再端至唇边。

“话又说回来，空海，你来这趟可真不容易。”丹翁搁下酒杯说道。

“是您找我来的。”

“说这儿是兜率天，未必全是吹嘘。一般人还来不了。”

“我知道。”

“空海，你什么时候知道是我丹翁的法术？”

“当您叫我躺着听时，我心里就有数了。”

“这可不是泛泛之辈办得到的啊。”

“您说得对，我只是坦率地把我的心委于丹翁大师而已。”

“我想，倭国沙门应该不会每个都像你这样。不过，万万没想到身居于野的人之中，有你这般有趣的人。”丹翁又端起酒杯喝酒。

“这地方，全看你我的心境而定，有可能变成兜率天，也有可能是饿鬼道地狱。瞧，也可以这样。”丹翁话没说完，一名一丝不挂的裸女就坐在丹翁身旁了。

空海身旁也出现一位美艳裸女，依偎着空海。

丰满乳房，触及空海的臂膀。

裸女细致白皙的两条手臂，温软地搂住空海的脖子。

空海侧视这一幕。

突然，方才所见的裸女，身上穿起绫衣。刚见她绫衣缠身，瞬间又变成了张牙舞爪的大猿猴。大猿猴的利牙，眼看就快嵌入空海的喉咙里，他却悠然自得地饮着酒。

是丹翁施展法术，将裸女变成了大猿猴。

“这是——”

丹翁苦笑，递出琉璃杯。原本斟在杯中的葡萄酒消失了，一朵与方才杯中酒颜色相同的红色大牡丹花，正在琉璃杯中绽开花朵。

这是空海玩的把戏。

定睛细看，两人四周全是盛开的牡丹花，五彩缤纷。

眨眼之间，女子、大猿猴全消失了。

方才女子所在，也就是丹翁肩头附近，有一朵大白牡丹，沉甸甸地低垂着头。而大猿猴的位置，竟变成娇艳的紫牡丹，不胜负荷地托在空海右肩上。

丹翁称作兜率宫的小木屋，也消失得无影无踪。阳光四射，蓝天下吹来阵阵清风。

空海和丹翁两人，隔着炉对坐在斑斓盛开的牡丹花丛中央。

一阵强风从旁吹来，牡丹花瓣依次随风飘去。

数以百、千、万、亿计的花瓣，乘着透明的风，翩翩纷飞在蓝天虚空中。

这般景致太奇异惊人了。

“哦，真是壮观……”

丹翁情不自禁地发出赞叹声。

俄顷间，那景象又倏地变回兜率宫内部，丹翁和空海各自手握斟满葡萄酒的酒杯，两相对望。

“跟你一起玩真有趣，可惜没时间继续玩了。”丹翁惋惜地说道。

“您有何贵干呢？”空海问。

【三】

“我听说晁衡大人的信丢失了。”丹翁直视空海双眸深处般问道。

“不愧是丹翁大师，那事您全都知道了。”

“老实说，那封信我也找了好久。”

“是吗？”

“始终没想到那封信会先到李白手里，再落入柳宗元手里。”

"您可知道，信上写了什么？"

"多少知道一些。"

"您看过信吗？"

"还没。"

"听说，信上写着有关晁衡大人预备陪同杨贵妃到倭国的事。"

丹翁那对小眼睛燃起奇异的光芒。

"你似乎想套我的话，打探信里的内容吗？"

"是的。"空海大剌剌地点头。

"这样看着你的脸，稍一疏忽，我大概会脱口而出。"

"请务必说给我听。"

"这可不行，"丹翁说毕，马上加了一句，"我很想如此拒绝，可是，事情有点儿变化。"

"变成如何？"

"空海，你别急。"

"可是，我真想知道。"

"好吧。"丹翁点点头，"好是好，但我有个条件。"

"条件？"

"我告诉你信里的事，你也要帮我做一件事。"

"什么事？"

"那封信不久就会到我手中，到时候我再送到你面前。"

"这样的事，您办得到吗？"

"大概可以。"

"您有线索吗？"

"也不是没有。"

“听说是有人偷走的。”

“……”

“到底是谁偷走的？”空海追问，丹翁没有回应。

“空海，我说拜托你帮忙的事……”

“是。”

“就是将那封信送到你面前时，你要帮我读信。”

“原来如此，丹翁大师也读不通倭国文字吗？”

“是，所以才要你帮我读信。如此，你自然也可以明白信里写了些什么内容了。”

“有道理。”空海点点头，突然又想起什么似的望向丹翁。

“丹翁大师，您为什么又变卦了？”

“变卦？”

“您不是警告我别插手这事吗？我记得您在马嵬驿说过。”

“是那件事吗？”

“我本来认为，您找我来正是为了这事。”

空海言下之意是：明明如此，却特意要我读阿倍仲麻吕的信，这不是等于赞同我插手此事吗？

“不，其实我现在也还是想劝你，尽可能不要置身于此事中。问题在于没人能读晁衡大人的信。况且，我想，不管你意下如何，早晚你也不得不牵扯进来。”

“您指的是何事？”

“老实说，这事，青龙寺也牵连颇深。”

“什么？”空海脸上首度露出吃惊的神色。

“反正你迟早也要到青龙寺惠果和尚那里吧？”

"是。"

"本来这事我想私下圆满解决，现在情况却不允许了。青龙寺如今已完全被卷了进去。"

"您是说凤鸣？"

"如果你去青龙寺，自然而然也就不得不插手管这件事了。"

"换句话说，贵妃和青龙寺，往昔曾跟这事有关？"

"嗯。"

"到底是怎样的关联？"

"我不打算说太多。今晚能告诉你的，到此为止。"

空海流露出不满意的神情。

"可是，丹翁大师，有关杨贵妃将被带到倭国的事，是事实吗？"

"是事实。若问我有没有这回事，答案是有。真有这回事。"

"那贵妃真的到倭国了？"

"你说呢？"

"我想丹翁大师应该看过，马嵬驿的墓穴里，贵妃遗体不见了。"

"没错，跟你看到的一样。"

"那事和晁衡大人，到底有什么牵扯？"空海问。

"这件事要是圆满收场，我会全部痛快地说出来。不过，今晚只能说到这儿。我已对你说太多了。"丹翁徐徐地摇头，又望向空海，"空海，我对你说过，去青龙寺要趁早。你可能还可以拥有二十年光阴，但青龙寺那方，可没这么多时间。"

"您说青龙寺那方，是指——"

"惠果和尚。"

"听说他去年病倒了。"

“惠果和尚所剩时间已不多了，说不定……”

丹翁说到此处，顿了下来。

“说不定怎样？”

“说不定这事会缩短惠果和尚所剩不多的残年余日。”

丹翁将杯中酒一饮而尽。他在向空海示意，今晚的话就此打住。

“那么。”空海坐着不动，静静地行了个礼。

抬起头时，丹翁已无影无踪。

丹翁先前所在的地方，余温犹存，那微温似乎隐约可传到空海这边。

然而，空海十分清楚，那只是感觉而已，不是丹翁的真实肉体在该处。

从黑暗无边的海底徐徐浮上水面般，空海意识到自己渐渐清醒过来。

兜率宫的场景逐渐消失，慢慢浮现在眼前的是熟悉的场景。

书桌。

桌上的经典读物。

笔。

灯火已灭的灯盘。

从窗口洒落的月光，映照出蓝色幽影，空海隐隐约约可见这些物品。

此处是空海的房间。

空海在被褥上，以抬起上半身的姿势，醒了。

空海心里十分清楚，自己从头至尾都未迈出房门一步。

同时却也明白，自己方才与丹翁见面又分手，是千真万确的事。

隔壁房隐约传来逸势酣然入睡的打鼾声。

第十八章　牡　丹

【一】

橘逸势一大早就赶至空海的房里。

“喂，空海——”逸势的声音宛如雀跃，“那是你的把戏吗？”

兴奋过度的逸势，脸色微微泛红。

“逸势，你在说什么？”

“牡丹啊。你用手罩住的那朵牡丹，今天早上开花了。”

“哦。”

“别装傻了！刚刚西明寺的和尚都在起哄。”

“奇怪——”空海一脸诧异的神情，“不可能这样。”

“可能也好，不可能也好，我知道你平时都用手罩住那株牡丹。比起其他枝丫，它不是更早长出叶子、膨起花苞了？”

“嗯。”

“难道你又打算说，是孔雀明王让牡丹开花的？”

“我没那样说。”

“总之，你快来看。”

经逸势催促，空海走到庭院里。

牡丹花前，果然聚集了一群人。

包括志明和谈胜两人。

空海跨步走去，志明首先察觉，向他打招呼。

“这牡丹真出色。”

空海在志明身旁端详，果然有朵盛开的白牡丹。

是朵出色的大轮白牡丹。

开花的枝丫不堪花朵重量，沉甸甸地弯垂下来，那花朵却昂首盛开。

是朵娇艳美丽的牡丹。

更奇特的是，这并非该开出白牡丹的枝丫。本该开出红牡丹的枝丫，此刻竟盛开着白牡丹。

同枝丫的其他花苞，均是一色红，便是明证。

“这消息，很快就会传遍长安城了。”志明说。

“到时观赏人潮大概会蜂拥而至。”谈胜对空海说。

其他牡丹好不容易长完新芽，红色新芽苞才刚绽放，正要伸展浅绿新叶，独独那株枝丫，叶片大大张开，而且开着花。

实在是——

空海一脸伤脑筋的神情，婉谢众人的赞叹，匆忙离开现场。

“怎么了，空海？”随后赶上的逸势，隔着空海肩膀低声问。

“刚才说过了，逸势，那不是我的把戏。”

确实，空海之前每天都用手掌笼罩那花苞，想让牡丹提早盛开，但昨晚有人让牡丹更早开了花。

“不是你的把戏，那会是谁？”

“大概是丹翁大师吧。”

“丹翁？为什么？”

“这——”空海似乎在思考某事，默默走了几步，再喃喃自语，“可能是约定的信号。”

【二】

“原来丹翁大师昨晚来过了。”逸势恍然大悟地点头。

此处是空海的房间。

空海正向逸势诉说昨晚发生之事。

话虽如此，空海并没详细说出自己的体验。就算那是丹翁法术中的光景，若向逸势提起自己去了兜率天，那可没完没了。

空海只跟逸势提到，丹翁暗中潜入自己的房间，告诉他有关晁衡信件的事。并说，可能是丹翁临走前，让那株牡丹开花的。

那株牡丹，是空海每天以手掌笼罩的枝丫。因为已受空海手掌的影响，丹翁才能于一夜之间让其开花。

“可是，晁衡大人的信，丹翁大师真能弄到手吗？”

“不知道，他应该多少有些线索吧。”

“空海啊，你打算怎么办？”

“什么意思？”

“难道我们要痴等丹翁大师拿到信吗？”

“不，要做的事多得很。”

“什么事？”

“比方说，一是到安先生那里。”

“安先生？”逸势问。

空海称呼为安先生的人，就是安萨宝。他不是唐人，而是胡人——波斯人，简单说，就是今日的伊朗人。

这时期，波斯国教祆教——拜火教已传入长安，并且盖起祆祠来。

安氏是拜火教祭司，空海拜他为师，学习天竺语——梵语、波斯语等胡语。

所谓“萨宝”，其实并非人名，而是一种官职。为方便管理滞唐的西域人，大唐朝廷才设置“萨宝”官职。

逸势一度和安萨宝这人打过照面。

“为什么？”

“之前，你也一道去时，安先生不是说过了吗？”

“他说了什么？”

“卡拉潘（karapan）的事啊。”

“卡拉潘？”

“他说，在波斯邪宗淫祠做事的咒术师，叫作卡拉潘。而且，卡拉潘咒师也来到大唐了。”

“那又怎么了？”

“开挖贵妃墓地时，不是有石棺出土吗？”

“嗯，我记得。”

仿若有一只冰冷的手抚触他的颈项般，逸势耸了耸肩。

他似乎想起石棺开封时，棺盖内侧的血迹抓痕。

“那时不是从土里挖出狗骷髅吗？”

“嗯。”

“狗骷髅上写了一些字。”

“哦，我想起来了。”

“那些字不是波斯文吗？”

“的确——”

“污秽此地者，将受诅咒。毁坏此地者，灾祸及身。以大地精灵之名，予彼等以恐怖。”狗骷髅上如此写道。

此外，徐文强家棉田出土的兵俑胸部，也写了波斯文的咒语。

“还有，跟此事件似乎牵连颇深的胡玉楼的丽香，不也是胡人吗？”

“没错。安先生还提到，丽香似乎也进出来路不明的道士家，”逸势点头道，“原来如此。你想向安先生多探听点儿消息？”

“是的。”

“你不是说，还有其他事可做？”

“嗯。”

“什么事？”

“刚刚提到丽香出入的道士家，大猴已经查出在哪里。我想去那儿探个究竟。可是——”

“怎么了？”

“等我先听过安先生的说明也不迟。”

“那你打算先去找安先生？”

“是打算这么做。所幸今天正好是到安先生那儿学胡语的日子。我不能只顾妖物，把学胡语的事给疏忽了。”

“好，我也一道去。”

逸势语毕，窗外传来呼唤声。

"空海先生在吧？"

是大猴的声音。

"在。"

空海将窗子开出一条缝隙，有双亲切的大眼睛正朝里面窥视。

果然是大猴。

"先生，大事不妙了！"

"怎么了？"

"今天一大早，我到吕家祥宅邸打探消息。"

刘云樵现正藏身吕家祥家里。

"空海先生，刘云樵死了。"大猴说。

"什么？"空海罕见地高声惊叫。

"这可不是谣传。昨晚，不，今天一大早，刘云樵尸体被发现了——"

"被发现了？"

"是。在吕家祥家的房间里。"

"到底发生了什么事？青龙寺的凤鸣应该一直跟在他身边。依他的法术，一般半吊子咒术或普通妖物，根本敌不过他的。"

"空海先生，这不是凤鸣先生的错。即使是空海先生，对刘云樵也是回天乏术。"

"怎么说？"

"因为刘云樵是自己结束自己的性命的——是自杀。对于想死的人，即使是佛陀，也爱莫能助。"大猴叹了口气说。

"自杀？"

"是的。"大猴结实的下巴动了动，点点头。

【三】

事情是这样的。

昨晚，刘云樵精神错乱。

这已经不是第一次了。

空海和凤鸣同行，去见藏身吕家祥家的刘云樵时，他也是这副疯模样。

“你来了？终于要来杀我了？”

刘云樵如此说，向前揪住空海、凤鸣。

甚至手持利刃，欲杀害两人。

凤鸣马上为刘云樵驱邪，让他恢复正常了一段时间。然而，空海等人一离开，刘云樵当晚又犯病了，变得怪怪的。

“你，是来杀我的猫的吧！”刘云樵冲向凤鸣。

凤鸣制住刘云樵，帮他祛除恶气后，刘云樵便恢复原状。

据说，这种情况不停重复着。

而且，邪气在刘云樵体内停留的间隔，也愈来愈短。

换句话说，刘云樵的身体已变成随时可以召唤邪气的体质。

不论凤鸣如何驱除，转瞬间，邪气又积聚在刘云樵体内。

不安。

憎恶。

怒气。

这些感情啃蚀着他的心灵，令他能轻易感应邪恶之气，并召唤邪气。有时，甚至连无害之气，只要触及刘云樵的意念，也会转化为邪恶之气。

邪气凭附在刘云樵身上。

凤鸣再度为他驱邪。

然而——

凤鸣也不能不睡觉。

本来，晚上他都和刘云樵同房睡觉，但刘云樵终于拒绝了。

正是昨晚。

“你想趁我睡觉时杀掉我吧！”

刘云樵用恶狠狠的目光瞪视着凤鸣说道。

这段时期，即使凤鸣施展法术替刘云樵解除邪气，也无法使他完全恢复原状了。

不论有无邪气附身，刘云樵的精神状态已开始变成这般模样了。

凤鸣陪伴身旁时，刘云樵不肯睡。

他似乎已出现幻觉。

“如果我睡了，你就会来杀我吧！”刘云樵自喉咙深处发出野兽般的吼叫。

即使不是凤鸣，换吕家祥和他同房睡觉也不行。

刘云樵不吃不睡。

没多久，人就迅速憔悴下来。

到了第四天晚上，凤鸣终于让刘云樵一人独眠。

为谨慎起见，凤鸣先仔细驱除了宅邸、房间内的邪气。

继而替刘云樵个人驱邪，最后才让他独眠。

凤鸣睡在邻房。

午夜三刻为止，平安无事。

三刻过后，近四刻时，刘云樵房里传出声响。

“来了……”那嗓音嘶哑低沉，是刘云樵的声音。

“我知道，你来杀我了。”刘云樵似有从床上起身的迹象。

“你有办法杀我吗？如果有办法，就给我试试看。”刘云樵像是看到了幻觉。

凤鸣想要推开刘云樵的房门，但推不开。

似乎有某物扣住，或是上了门闩。

企图推开房门的动静传到房里，刘云樵发出高亢的悲鸣。

“噫——”

“咕咚”一声，某物倒落地面。

且传出刘云樵奔跑的声音。

继之，刘云樵尖叫一声：“浑蛋！”他接着说道，“你杀不了我的，杀不了我！”

危险！

凤鸣心里如此想时，吕家祥和下人已持斧头赶到。

“用斧头——”

吕家祥手持斧头砍向门扉。

“等等——”

凤鸣刚说完，房里刘云樵发出野兽般的吼叫，随后高声哀号。

“来、来、来了！”

房中传出刘云樵背部撞墙的声音。

“你这畜生，有本事来杀我啊。你听好！你杀不了我的，听好！你看——”

重物倒在地板上的声音。

微弱的呻吟声。

突然间，一切又回归寂静。

“不行了。”

这回换凤鸣接过吕家祥的斧头，朝门扉大力砍劈。

破门而入后，凤鸣发现家具散乱一地的房间中央，刘云樵俯卧在地。从他那俯卧地板的脸孔下方，汩汩流出大量鲜血。

原来刘云樵手握短剑，刺入自己的喉咙。

“怎样，杀不了我吧，因为我动手杀死了自己……”

据说，刘云樵这样说完后，便断气而亡。

“空海先生，谁都帮不了想死的人。说要上茅房，趁单独一人时也可能上吊，或用利刃割断自己的咽喉。总不能拿绳索一辈子拴住那个人吧？”大猴说。

空海徐徐地吐出一口大气。

【四】

空海和橘逸势还未出门前，凤鸣已先到西明寺。

凤鸣原本相貌堂堂、才气纵横的脸孔，如今却憔悴得让人吃惊。不听声音，还以为是别人。

眼眶凹陷，双颊消瘦。

凤鸣满脸枯萎入骨的病态表情，站在空海面前。

他前来向义明和澄明报告此事。

“太遗憾了。”空海说。

此处是西明寺中庭。

膨起花苞的牡丹上，洒落着温煦的阳光。

逸势只在最初和凤鸣简短打过招呼后，便一直在空海身旁静默不语。

面对如此落魄的凤鸣，空海也没多少话可说。

凤鸣对空海的问候微微点头，喟然长叹。

“空海，老实说，之前我一直很自信。”

“自信？”

“不管谁下咒，我都能保住刘云樵。没想到，我大错特错。”

“你别责怪自己。人一旦不想活了，谁也拦不住——”

“不，”凤鸣断然摇头，“空海。我老是注意外面的敌人。可是，事情并非如此，真正的敌人其实在自己内心。”

凤鸣以右手贴在自己左胸口。

“再如何拼命驱除人体内潜伏的恶虫，与拯救其心灵，其实是两回事。”

“是。”

“刘云樵的敌人，在他自己心里。如果我能及早察觉，不执着于外在敌人的动静，刘云樵便可免于一死了。”

“……”

“佛法不就是为此而存在吗？对佛法来说，那类的法术并不重要。拯救人的灵魂，才是佛法存在的意义，我却忘了这道理。身为僧侣，我很惭愧。”

凝视着空海的凤鸣，眼眸深处燃着一道火光。他仿佛正是仰赖自己那眼眸的亮光，向空海自白出上面那段话。

“我想重新来过。”凤鸣向空海颔首，又抬头说，“回青龙寺后，我要再度从头学习有关人心的事。”

“凤鸣，在下甘拜下风。你这番话，我一字一句铭刻在心。”

“你迟早会来青龙寺吧？”

“一定去。”

“我在青龙寺恭候。”

“你现在就要走吗？”

“外面有金吾卫卫士在等我，所以——”

凤鸣说，他打算先到金吾卫那儿通报，再回青龙寺。

“请保重。”空海颔首。

“后会有期。”

“后会有期。”

凤鸣也颔首回礼，伸直脊背，背对空海跨出脚步。

凤鸣身影逐渐消失不见。

“连凤鸣都——”逸势叹了口气说，“空海，我本来不喜欢那男人，甚至觉得他讨人厌。不过，看他刚刚那模样，我觉得他很可怜，说不出任何安慰的话。”

“嗯。”

“或许那男人，也是个好人吧。”逸势又自言自语了。

第十九章　拜火教

【一】

祭坛上设置的火炉中，火焰不断摇曳。

白砖砌造的建筑物内部，空气沉稳，火焰香气似乎渗入空气本身。

此处是波斯寺——祆教寺庙。

所谓“祆教”，用今天的说法，就是“琐罗亚斯德教”。

因崇拜火神，又称“拜火教”。

祠堂中，空海和橘逸势两人与安祭司相对而坐。

安祭司是西胡人。

眼窝凸出，鼻梁高挺。

眸子带点儿绿色。

虽有西胡名字，在长安却以汉名“安”称呼。

“徐文强这件事，承蒙您多方关照。”安祭司说。

隔着西胡样式的桌子，三人面对而坐。

椅子是有靠背的紫檀木椅。

三人说起马哈缅都的事，天南地北地聊了一阵子，空海才提出主题说：

“安祭司，话说我今天来这儿，是有件事要请教您。”

“您尽管说，我知道的话，一定有问必答。”

“前些日子来找您时，曾听您说过‘卡拉潘’的事。”

“哦，没错。我确实提过卡拉潘。”

“当时您说，卡拉潘是信仰邪宗淫祠的波斯咒师。”

“是、是，我是这样说过，您说有事请教，是有关卡拉潘的事吗？”

“可以的话，您能不能再详细说些有关卡拉潘的事？”

空海说毕，安祭司点点头，轻微咳了一下。

“追溯源头，卡拉潘就是波斯古语的‘卡路普’。”

“卡路普是？”

“简单地说，卡路普是‘主司祭典的人’之意。”

“可以视为天竺婆罗门之类吗？”

“当然可以。我一直认为，婆罗门神祇和卡拉潘神祇系出同门。”

“怎么说呢？”

“卡拉潘信仰的是‘达万[1]’，而有些卡拉潘也信仰达万的同类‘阿斯拉’。”

“所谓阿斯拉是——”

“拿你们佛教打比方，大概是阿修罗吧。”

“原来如此。那卡拉潘信仰的达万，可以说是婆罗门教徒信仰的代巴？”

“没错。”

1 达万，原文Daeva，系指恶魔之神。阿斯拉，原文Asural。——译者注

"代巴"这个名词——在佛教指的是恶魔，在印度教则为恶魔的同类。

印度教之前，在天竺兴盛的婆罗门教更为原始的信仰形态，其实是琐罗亚斯德之前，卡拉潘们在波斯所信仰的达万崇拜宗教。

"我们祖先琐罗亚斯德开始传教时，波斯信仰达万的教徒相当多。琐罗亚斯德一边和他们抗衡，一边向众人讲经说法。"

当时，顽抗到底的，是东西胡王族卡碧。

卡碧，字源是"KU"，"守护"之意。

琐罗亚斯德教普及波斯全土之后，卡碧便从"守护"变成"盲人"的意思。

东西胡卡碧王族，和其所支持的达万教团卡拉潘们结盟，企图对抗琐罗亚斯德教。结果，在这场宗教大战中，琐罗亚斯德获胜。此后，拜火教才传到大唐、天竺。

卡碧王族从此改信拜火教，以波斯王族身份幸存下来。卡拉潘们则被逐出家园，四散世界各地。

卡拉潘因为与琐罗亚斯德对立，琐罗亚斯德教徒便称他们为邪宗淫祠之徒，之后逐渐没落于历史黑暗之中。

"这事发生在佛教始祖释迦牟尼诞生之前。"

安祭司言下之意，颇以琐罗亚斯德教远较佛教古老为傲。

"那些卡拉潘到底都做什么事？"

"施行种种法术。祈雨、寻找失物、治病这些都还好，听说，他们也做些见不得人的事。"

"见不得人的事？"

"总之，他们能帮人治病，也能施行法术让人生病。"

“原来如此，是这么回事。”

“听说他们操弄魔神，可以让人生病或杀人。”

“到底是用什么法术？”

“一千多年前的事了，他们用什么法术，我也不知道。不仅是我，如今这世上大概也没人知道了吧。”

“是吗？”

“我还听说卡拉潘有种秘密仪式，可以让死人复活。”

安祭司说到此，逸势情不自禁叫道：“死人也可以复活？”

“是。”

“怎么可能！”

逸势是儒者，儒者向来被教导不语怪、力、乱、神。

不语怪、力、乱、神，并非指称“怪诞现象不存在于世”，而是教导人们不要附和如此说法。

逸势在空海身旁，却经常遇见种种怪事。

然而，这又另当别论，因为空海这人所持的不可思议之理，常令逸势感觉“原来世上也有这样的事”。

结果，某些平素绝不肯接受的怪诞事，逸势也能欣然接受了。

再如何怪诞之事，只要言之有理，逸势仍可以信服。

可是，对于世上有“死而复生之法”一事，逸势就有点儿难以置信了。

如果人可死而复生，该如何说呢？不就等于这世间现象将失去一切意义了？逸势如此认为。

所有悲哀，所有欢乐，所有痛苦，所有人们遭遇的悲欢离合，不也会马上失去意义吗？

假若，世上真有长生不死法，那么，人在一生中所遭遇的悲哀与欢乐，其意义不都会消失殆尽吗？

佛法教义，有所谓“生者必灭”之说。

生者必灭——简单地说，即生者必有一死。逸势虽对佛法不懂，这点见识他还有。

不论儒学还是佛法，教义存在之初，均以生者会死为前提。

不仅如此，这世间的亲子、主从等一切关系，均以此前提为立足点。

逸势难以接受生者不死之说，才会情不自禁地叫出声。

“我是这样听说的。还听说他们好像是用针或其他物件施法，至于世上是否真有其法，我就不知道了。”

“嗯——”逸势一脸复杂的表情。

“话说回来，安祭司，你可曾听过哪个卡拉潘已经来到长安这里了？”空海问。

安祭司眼神瞬间浮现出一抹困惑，接着回应：“是的，的确听过。”

“是怎样的消息？”空海追问，安祭司的脸色暗沉下来。

“你不方便说吗？”

“是。”安祭司点头后，闭上了嘴。过了一会儿，他仿佛下定决心，又点头说：“虽不好说，还是说给你听吧。”

“感激不尽。”

“之前和你碰面时，我曾说过，为某地带来光亮的同时，那光亮也会带来阴影。”

“我记得。”

“换句话说，当神的教义流传至某地时，恶魔的教义也会同时流传至该地。”

“是的。”

“琐罗亚斯德教的教义也一样。琐罗亚斯德教传进此地时，达万信仰也同时进入长安了。”安祭司痛苦地叹了一口气，“这是很可耻的事，因为居住本地的波斯人并非仅来此寺庙。有些人还出入其他场所，甚至同一个人还会两边来去。”

“其他场所吗？”

“是的。人，有时不仅只信神，他们也会出入其他场所。”

“他们去了什么地方？”

安祭司闭上双眼，吐出口中异物般说道：“他们找卡拉潘去了。”

“卡拉潘果然也在这长安。”

“在。”说毕，安祭司又睁开双眼看着空海，“人，有时也需要恶。有些西胡人到卡拉潘那儿，请对方用咒术杀死抢走自己男人的女人，或让侵占自己田地的家伙田地歉收，等等。”

“果然。”

“也就是说，这类少数波斯人，都在长安。”

“您可知道卡拉潘是怎样的人？又住在哪里？”

“不知道。”安祭司轻微地摇头，“具体消息很难传到我这边。不过，或许——”

“或许？”

“马哈缅都也许知道一些。”

“马哈缅都？”

“就算没有直接关联，他也可以帮您找到内行人。”安祭司答道。

【二】

“空海，这是真的吗？”逸势和空海并肩，边走边问。

两人方才和安祭司道别，离开寺庙。

路上行人匆匆，各走各的。

有人牵着驴车，车上载满水壶，看似要到东市叫卖。

也有挑夫担着货匆匆忙忙走在路上。

有男，有女。长安路上总是有人不停在走动。

“什么事？”

“有关安祭司说的话。他说人可以死而复生，真有这回事吗？”

“这个……”

“喂，空海，你不是佛教徒吗？如果人可以不死，那佛法的根本会变成怎样？”

“会变成怎样呢？”

“空海，别那副冷漠的臭样子，难道你不在意？”

“在意，所以我才这样走在大街上。”

“走在大街上？”

“现在，我要去马哈缅都那儿。”

“你是说，要去继续打听刚才的事吗？”

“没错。”

“会听到好消息吗？”

“不知道。见到马哈缅都再说。”空海回应后，继续前行。

逸势走在空海身旁，不时地发牢骚，一边走，一边嘟囔。

货车扬起阵阵黄尘。

时值长安三月天。

【三】

西市——

白色的帐篷中，空海、逸势与一个半老男子相对而坐。

他们在地面铺就的地毯上盘腿而坐。

三人四周，并排放着许多大小不一的坛子。

是胡国坛子。

不仅坛子，也有瓶身细长的水瓶或陶碗。

阳光照射在帐篷上，里面充满亮光。

外面传来嘈杂的人声、叫卖声，不绝于耳。偶尔尚可听闻运货车声或马蹄声，是因为此帐篷搭在西市人声鼎沸之处吧。

三人面前各自搁着茶碗，空气中隐约飘着茶香。

半老男人的脸上浮现出困惑的神情。

下颚的髭胡花白，鼻梁高挺。

眼窝深邃的眸子，带点儿绿色。

他是胡人马哈缅都。

“这好为难……”马哈缅都喃喃自语，“安祭司叫您来问我吗？”

“是。”

“那就没办法了，毕竟我也受过空海先生的多方照顾。”

“卡拉潘果然在长安？”

“在。”马哈缅都下定决心似的点了点头。

“卡拉潘都做些什么事？”

“诚如安祭司所说。”

“你是说，找寻失物或预言未来等？”

“是的。不过，听说小事不帮忙。”

“这话怎么说？”

“因为钱。以我们做小买卖的商人为例，再便宜，也得付两个月的收入给卡拉潘当礼金。”

“花费真惊人。”

“用此地的说法就是，他们也会魇魅、蛊毒之类的法术。”

“魇魅之术……”逸势皱起眉头。

“您也晓得？”

“倭国也有人会施行魇魅之术。”逸势用汉语说道。

一如逸势所说，此时倭国已有人会施行魇魅之术。不过，真正蔚为流行，还是更后世的事。逸势知道此事，其实也不足为怪，因为日本国内也有相同的状况。

所谓魇魅之术，是利用人偶或纸片，作为对手的替身，再施行法术，下咒于对方。

众所周知的丑时[1]参拜神社，其实就是一种魇魅之术。

深夜丑时，在空无一人的树林里，将写有被诅咒者人名的稻草人，用五寸铁钉钉在树干上。

另一种魇魅之术，是用动物来下咒。

比方说，抓来大批蟾蜍、蛇等同类生物，丢进大缸里，盖上盖子。

1　丑时，指深夜一点到三点之间。

既不喂食，也不给水。不久，它们就会彼此咬食，最后只剩一只。

最后那一只，便可用来下咒。

将最后这只当作灵役，送到下咒对象那儿，或边杀它边施法术。

日本曾有某贵族因被质疑施行蛊毒之术而失势没落。

“说到蛊毒，一般用什么生物呢？”空海问。

“嗯，大概是蛇、虫子、猫之类的生物吧。”马哈缅都答道。

“猫？”

“是的。”

有关猫的蛊毒，不是大唐时代，而是清朝杨凤辉的《南皋笔记》卷四《蛊毒记》上有一段记载。

有一巫师周明高，拜师学习河南教，具有不可思议之术，能降妖伏怪。

某晚，周氏看见一只猫闯进家门。

“怪哉！”

他隐隐察觉，有人施法下蛊，欲加害自己。

周氏用符咒制伏并捕捉此猫，丢入瓮中。

第二天，有人来到周家，问道：“可曾看见一只猫？”

“怎么了？”

“我家猫逃走了，我正到处找。”

“如果是猫，就在那瓮里。”

那人一看，果然是那只猫。

“请你务必还我这只猫。老实说，这只猫是我家媳妇。”

据说，那人百般乞求，讨饶猫一命。

然而，周氏摇头拒绝，不予理睬。

“我是为众人除害。”周氏说毕，那人只得哭着回家。

之后，周氏将热水倒入瓮中，猫便死了。

过了一阵子，听说，那个被下蛊的年轻妻子在睡梦中突然大叫：“好热！好热！”

叫着叫着，最后断气了。

据传，那女人断气时，四肢糜烂、血肉模糊，死状甚惨。

《蛊毒记》如此写道。

“喂，空海，说起猫，刘云樵宅邸不也出现过吗？”逸势抓着空海的袖口问。

“你有关于猫的线索吗？”

“有。”

“怎样的线索？”

听马哈缅都如此问，空海有点儿迟疑。

“你刚刚提到刘云樵这事，我多少从玉莲姐那儿听过。如果你不方便，不必勉强。”

“不，关于刘云樵这件事，我没什么好隐瞒的。不过，若要提这件事，就不得不说到柳宗元先生了。”

“柳宗元是一道去徐文强家棉田的那个人吧？”

“没错。那位柳先生对我说了些私密话。”

“原来如此，我明白你想说的话。柳宗元告诉你的秘密，你不能说出来，是吧。”

“是的。”空海点头。

所谓“私密话”，就是阿倍仲麻吕的信——晁衡用大和文字写成的信。另一件不能说的事，应该是埋葬在马嵬驿墓地的杨贵妃遗体自石棺中神秘失踪了。

尤其有关晁衡的信，柳宗元煞费苦心地安排。他派马车来接客，在长安城里转来转去，确定没人跟踪后，彼此才终于见面。

柳宗元如此苦心隐瞒晁衡的信，未经他本人首肯，空海当然不能告诉别人。

他是现今大唐帝国位居政治中枢的人物。

马哈缅都也知道此事。

“实在抱歉，柳宗元先生隐秘忌讳的事，我不能在此对你说。至于其他事，我可以说出来。”

“没关系。空海先生这样坦白，我很感激。因此，知道你是个值得信赖的人，反倒让人十分开心。”

“你这么说，我很过意不去。”

接着，空海向马哈缅都讲述事件的来龙去脉。

【四】

“唉，这事实在荒唐。”空海说完一切后，女人声音响起。

帐篷出入口垂挂的幕帘被掀开，三名胡国女子立在入口处。

多丽丝纳。

都露顺谷丽。

谷丽缇肯。

三人均是马哈缅都的女儿。

刚刚出声的是长女多丽丝纳。

她们三人偶尔会在西市广场跳胡旋舞，赚取观众给的赏钱，平日则在父亲店里干活。今天空海来访，在帐篷里和父亲马哈缅都谈话，三人都很在意，根本无心工作。

趁没有客人上门的空当，她们走近帐篷，凑巧听到空海所说的话。

“你们一直站在那里偷听吗？”马哈缅都责问。

“我们可不是偷听哦，我们是光明正大地站在这儿听的。”都露顺谷丽噘嘴申辩。

“霸着空海先生不放，太不像话了。”谷丽缇肯接着抢白。

“这么说来，空海先生一定很想知道卡拉潘的居所吧。”

多丽丝纳插嘴，抢走两个妹妹的话题。

“是的。我正在问这件事。”

“如果是这样，不就在那儿吗？平康坊的……”多丽丝纳说。

“你这孩子，怎么连这也知道！”马哈缅都目瞪口呆。

“唉，知道的人都知道。来店里的客人当中，有个人曾两次提起平康坊那只猫的事。莫非就是这事？”

“平康坊那只猫，是汉人道士化成的吗？他住的地方，是不是不像道观反倒像民宅？”空海问多丽丝纳。

“我没去过那儿，所以……”

“空海，你说得没错。”马哈缅都代女儿回答，“或许我们和你说的是同一个地方吧。表面上，那儿看似汉人所主持的道观。那名汉人实际上也做些普通道士的事，但真正说来，那儿却像是卡拉潘的联络窗口……”

“那汉人道士是卡拉潘吗？”

“我想，应该不是。”

“原来如此。”

“不过，空海先生，奇怪的是，从去年夏天开始，有关那儿的种种坏传闻，突然销声匿迹了。”

“是收手了吗？”

“不，到底是收手了，还是无法和卡拉潘取得联系，我不太清楚。总之，就我个人所知，从那时起，平康坊的卡拉潘就没再继续工作了。”

“那最近如何？道士和猫是不是都从平康坊宅邸失踪了？”

“你居然都知道？”

“有没有年轻姑娘曾在那儿出入呢？”

“年轻姑娘？”

“你没听玉莲姐说过吗？”

“玉莲？”

“听说丽香似乎曾在那儿出入过。”

“啊，我听说了。原来丽香所出入的道士的家，就是平康坊那栋宅邸。”

“玉莲姐她们不晓得那宅邸的事吗？”

“我想，她们应该没听过卡拉潘的事。知道的人，即使是住在长安的胡人，也只有少数手头宽裕的人……”

原来如此，空海点头同意，又问马哈缅都：“话说回来，从平康坊宅邸失踪的道士与卡拉潘，你知道他们的行踪吗？”

“这我就不知道了。”马哈缅都摇头说，“完全没线索。”

“可知道有谁可能知道内情？”

“这个……”

多丽丝纳不知何时走到帐篷里，向正歪着头思索的马哈缅都说：“对了！要是那人，他应该知道吧？”

“那人？”

“刚刚我说过，有个人在这里提到过那座宅邸。”

“是谁？”马哈缅都问。

“卖地毯的阿伦·拉希德。”

“那个男人？”

“有知情的人吗？”空海插进父女俩的谈话。

“有是有……”

“这人有问题？”

“是个风评欠佳的男人——”

“原来……”

“我一路听来，这事似乎关系到皇上的性命？”

“没错。”

“该怎么对阿伦·拉希德说明这件事？”

“你是说，不向他说明原委，他不会说出任何事？”

“或许吧。”

“那么，就说些无关紧要的话吧。”

“可是，那个男人挺伶俐的，他总会嗅出什么来。”

“嗅出什么来？”

“钱的铜臭味。”

“钱？”

“不管怎么样，要他说话，他肯定会向空海先生要钱。如果发觉有勒索的余地，不知会如何漫天要价。”

“总之，先跟他碰个面。钱的事以后再担心。”

“知道了。”

“那什么时候可以碰到面？”空海问马哈缅都。

第二十章　道　士

【一】

空海精力充沛地四处活动。

时序进入三月后，他花了近十天工夫，奔走刘云樵的妖猫事件，以及徐文强家棉田出土的兵俑事件。此外，也常到般若三藏那儿学习梵语，或到景教[1]的大秦寺，或到拜天神教[2]的清真寺走动。

不吝再三赘述，此一时期的大唐，真是个无以形容的国家。京城长安，可说是人类历史上奇迹般的果实。

别说倭国、朝鲜等邻近国家，甚至遥远的波斯、大食、天竺等国人民，也经常出入大唐。

当时的外籍人士多达总人口的百分之一。

且外国人跻身政治中枢也是稀松平常之事，阿倍仲麻吕便是其中之一。

如此这般的国际都市，现今之世也难寻。现代也没有任何国家，能

1　景教，即基督教聂斯脱利派。

2　拜天神教，即伊斯兰教。

让外国人轻而易举荣登国会殿堂。

单从宗教来看，大唐并未特定保护某一宗教。

祆教琐罗亚斯德教。

摩尼教。

基督教聂斯脱利派的景教。

清真教。

佛教。

密教。

以及，中国的传统宗教道教。

儒教。

若加上其他种种民间信仰，实在不胜枚举。

不仅上述那些宗教，空海还贪婪地吸收各种异国文化与文明。

不，更精确地说，空海的吸收只是一种结果，而非目的。或许可以这样看待，空海为了满足自己的好奇心，四处活动，所得结果正是知识的吸收。

从历史看来，空海是第一个披上国际概念服装的日本人，但光就他个人而言，空海早已超越“国际人”的范畴。

显而易见，空海拥有抽象的思考能力。他在当时就将世界视为现今人眼中的宇宙，并将自身视为相对于宇宙的个体。

空海在倭国便已习得华严宗及大日宗理论，并得知“大日如来即宇宙的统一原理”。

正因如此，空海才东渡大唐，欲追寻密教真理。

以密教立场看来，即使释迦牟尼佛，也不过是名为大日如来之宇宙根本原理的一部分。正如同庭院树木的小枝丫，是一根大树干伸展出来的无数枝丫之一。二者在空海的认知中，属于同一次元。

空海这般的思维精神，即使在长安这个大都市里，应该也十分罕见。

自马哈缅都那儿回来后，整整三天，空海专心地投入自己原有的日常功课中。

逸势则继续学习汉语。

以儒学生身份入唐的逸势，必须先进入太学研读。然而，进太学需要考试。以逸势的语文能力，尚不足以应付考试。为了提升通过考试的能力，逸势正认真地学习汉语。

笔谈的话，逸势已经可与唐人随心所欲地对话。若是日常会话，他的汉语也尚可应付，但要达到研习儒教的水平，便明显不足了。

与其说逸势在这方面表现平平，不如说空海格外出众。

若空海不自称是倭人，没人会觉得他是外国人。由此可见，空海对语言的理解力和表现力均在一般人水平之上。

“空海，那件事你能放手不管吗？”第四天早上，逸势这样问空海。

“什么那件事？”

“你不是要去问卖地毯的阿伦·拉希德有关卡拉潘的事吗？”

“那件事暂且不急。马哈缅都迟早会有联络吧。”

“话虽如此，未免太迟了吧？”

“没那回事。”

空海和逸势这般你来我往时，马哈缅都正巧派人来到西明寺。

“空海先生，马哈缅都派人来了。”大猴向两人呼唤。

“你瞧，信差这不是来了！”空海对逸势如此说，转向大猴回应，

“请对方来这儿。”

【二】

那人不曾正面看人。

他似乎习惯斜睨别人，窥探对方脸色。即使相对而坐，也故意别过脸，身子扭向一旁，翻眼看人。

这个男人正是阿伦·拉希德。

此处是平康坊的阿伦·拉希德住处。

虽是唐式建筑，宅内家具、摆饰却一派胡式风格。

宅内边壁，设有一座袄教寺院中常见的祭坛，此刻正燃烧着熊熊火焰。

到处摊铺的地毯中央，空海、逸势和阿伦·拉希德相对而坐。

介绍人马哈缅都坐在另一旁。

空海和逸势的介绍已毕。

“所以……”阿伦·拉希德右手握着自己的左手，轻轻抚摸着说，“你们想知道，我偶尔会去求教的方士周明德先生吗？”

“是的。”迎着对方试探的眼神，空海点头。

“既然你们是马哈缅都的朋友，我当然会竭尽所能告知。不过，毕竟这里面包括某些微妙问题，不知贵国可有从事周先生之类工作的人？”

“是，的确有。”

“我想，空海先生是出家人应该知道，周先生跟别人的秘密牵扯颇深。”

“我晓得。我只想知道，周先生现在何处？我无意揭发别人的秘密。”

“你想知道周先生在何处？”

“是的。我知道周先生也住在这平康坊，前些日子为止，还在替人占卜运势，他最近是否搬到其他宅子了？”

“啊，如果是问这个，我还知道。他大约九天前搬走了。”

“九天前……”逸势自语。

九天前，正是他们去马嵬坡探看杨贵妃墓地之时。

第三天，大猴到道士宅子一探究竟时，已杳无人迹，而攻击空海的那些汉子所说的俑像，也失去了踪影。看样子，周明德委托那些汉子攻击空海后，立即不知去向了。

“你有什么线索吗？”阿伦·拉希德望向逸势。

“没有，我没什么特别的线索。”逸势慌乱地回答。

“您知道周先生搬去哪里了吗？”空海问。

阿伦·拉希德的头更歪了，视线依然望向空海，喃喃自语：“不知道。老实说，周先生失去踪影，我也很伤脑筋。我平时常向他请益种种问题，他也总能给我宝贵的意见……”

“您可有什么线索？”马哈缅都紧接着说，“无论任何小事都好，能不能告诉空海先生？”

阿伦·拉希德瞄了马哈缅都一眼，说：“嗯，我不知道他去了哪里，不过，要找到他的门路也是有的。”

“哦，如果有的话，请务必……”

“不过……”阿伦·拉希德的眸子闪烁着强烈狡猾的亮光，“空海先生为什么想知道周先生的去处，能告诉我理由吗？”

“既然前来求教，我就实话实说了。前不久，我和这位逸势到马嵬驿杨贵妃墓地参拜，遭到不明人士攻击。”

“是吗？！”

“幸好没受伤！”

“这和周先生有什么关系？”

“我们抓到其中一位攻击者，逼问他之后，他供出是平康坊道士所委托的。”

“委托他们攻击你们？”

“没错。”

“你是说，那件事是周先生唆使的？”

“他们没供出周先生的大名，但我们曾到他们所说的平康坊道士家探看，发现那儿正是周先生家。”

“要是真有其事，周先生为什么要派人攻击你们倭国人呢？”

“我们也想知道。或者这中间出了什么差错，所以他要派人攻击我们。”

“嗯……”阿伦·拉希德似在思索这番话的真伪，将视线移至马哈缅都身上。

“空海先生所言都是实情。”

“可是，周先生真会派人攻击……”

“也不能一口断定，所以才想确认一下。”

“若是这样，那不是金吾卫的事吗？为什么不向他们投诉，反而自己来找周先生呢？”

“我们是倭国来的留学生。如今卷入不明事端，万一报案让事件公开，引起莫须有的流言，我们无人也无势自保。若能私下解决，还是尽可能私下解决。这事如果和周先生有牵扯，对周先生而言，私下解决也未必不好。”

“原来如此。”阿伦·拉希德连连点头，唇边浮现一抹微笑，“空海先生，任何人都有不为人知的秘密，即使皇上陛下、服侍佛祖的僧侣也不例外。不，我不是说你有此类秘密，只是打个比方而已。”

“我了解。”

“明白了。我试着找找线索吧。”说毕，阿伦·拉希德的眼神自下方往上斜视空海，“两三天内，我会把状况向马哈缅都汇报。”

“那就拜托您了。”

“不过，空海先生——”

“是。”

“我并非直接知道周先生的住处。还要打听消息，这得动用种种人情、门路，所以可能需要花些钱打点。”

“哦，这理所当然。”

“钱，可以左右人的一张嘴啊。”

“诚然。”空海伸手揣入怀里，掏出一束铜钱，“真是失礼，如果需要用钱，请从中取用。不够的话，我再准备。”

“不、不，我岂能拿马哈缅都的朋友的钱呢？”

“哪里，这不是送拉希德先生的，是让拉希德先生打听消息用的。您是马哈缅都的朋友，我们却要您多费神，若还让您花钱，我们要更惭愧了。”

“可是……”

“是我这边请托您，要您帮忙奔波，若您不收这笔钱，我们会过意不去的。”

一阵你推我挡之后……

“那我就暂且先保管这笔钱吧。”语毕，阿伦·拉希德将空海递给他的沉甸甸的铜钱收入怀中。

这天会面的主要谈话就此打住了。

空海他们和马哈缅都一阵闲聊后，走出阿伦·拉希德家。

“空海，你话说得真好。尤其我们在贵妃的墓地遭受攻击的那一段，实在漂亮。”走出阿伦·拉希德家一段距离后，逸势开口，“而且，还说得好似有难言之隐，那样的话，任谁也不会认为这是可捞油水的差事啊！”

“嗯，”空海一边点头，一边望向走在身旁的马哈缅都，“那样做，合适吗？”

“没问题。空海先生不是在说谎，先开口要钱的，本来就是对方。”

“我觉得有点儿过意不去。”

逸势望向空海，说：“那我们该怎么办？”

“什么怎么办？”

“暂时按兵不动，等阿伦·拉希德回音吗？”

“等归等，但不能只是等。”

“那该怎么办？”

“我已经采取行动了。”

“什么行动？”

“马上见分晓。”

空海简短说完，再次抬头仰望长安的蓝天。

【三】

空海和逸势在对饮。

场所是阔别许久的胡玉楼。

陪在两人身边的是玉莲。

三人围垆对饮的是胡酒——也就是葡萄酒。

酒杯是琉璃杯。

“空海，有件事我真搞不懂……”逸势饮尽杯中酒问道。

玉莲马上为空杯斟上葡萄酒。

“什么事不懂？”

“关于平康坊的道观。那个姓周的，真的在那儿从事道士之类的事吗？”

“嗯。”

“不过，综合大家的话，姓周的好像不是波斯人。”

“看来不是。”

“阿伦·拉希德应该是为了请托卡拉潘才出入那儿的吧？”

“大概吧。”

“可是，姓周的不是卡拉潘吧？”

“应该不是。”

“这么说来，是正牌卡拉潘在幕后操纵姓周的？”

“嗯。”空海点点头。

“为何那样做？”

“若公开出面，阿伦·拉希德之流的客人就不方便去了。就算是对外做做样子，只要去的人看似仅去占卜吉凶，他们便大可不在乎周遭人的眼光了。再说，卡拉潘本身也不想太显眼吧。”

“原来如此。”

“逸势，你搞不懂的是指这事？”

“不。”逸势摇头，“这些，我也猜测得出。我搞不懂的是另一件事。”

“什么事？”

“所以说，如果这件事全是那卡拉潘干的——”

“这件事？”

“我是说，刘云樵的妖猫事件，或徐文强家棉田出土的兵俑事件。”

“然后呢？”

“你不觉得有点怪吗？”

“怪在哪里？”

“为什么他们要事先预言？”

“预言？”

“就是预言德宗之死，接下来是永贞皇帝，等等。”

“噢。”

“如果咒术真能杀人，他们大可不必还让妖猫或兵俑说出来，直接下手不就行了？这样绝对不会出差错。我总觉得，与其说卡拉潘的目的是想威胁皇帝，倒不如说他更想引人注目。”

“是吗？”空海突然变了声调。

“如果‘文才’与‘咒才’性质相同，那个卡拉潘应该是想让人见识他的才干吧。空海，坦白说，譬如我，如果事前知道没人要看我写的字，我不会提笔。就因为期待对方看了我的字，会夸赞不愧是橘逸势写的字，我才提笔。咒术也应该如此吧。所以，我一直觉得这次的事件，目的跟‘文才’一样。可是，平康坊那个卡拉潘，却刻意找来周明德这个汉人道士当门面，不让自己受人注目。如果这些事都出自同一个人，那为什么一方要大张旗鼓，另一方却低调行事呢？”逸势一口气说毕，望向空海。

空海沉默不语。

“空海，你觉得如何？我就是一直无法理解这一点。”逸势望向空海。

当他看到空海的脸，瞬间，吃惊般地收回身子，因为空海脸上喜形于色。

“怎么了，空海？”逸势问。

“逸势，你真了不起！”空海高声道，“逸势啊，你说得一点儿都没错。这次的事，我也一直无法理解这一点。为什么他要刻意预言放话？被你这么一说，我终于明白了。”

“明白了什么？”

“不，说是明白，不如说疑惑更加清晰了。”

“什么疑惑？”

“逸势啊，你刚刚不是说了？”

“我说了什么？”

“你说，为什么要那般大张旗鼓？”

“那又怎么了？”

“证明你很厉害，逸势。”

空海嘴角上扬，浮出喜悦的笑容。然而，逸势却不明白空海为何如此高兴。

“空海啊，你没察觉的事，我先察觉了，而你为了此事兴奋不已。有关这一点，我也觉得很高兴，可是，我真的不明白你到底在说什么。”

“逸势啊，我也不明白。不过，我现在知道该往哪个方向思考了。”

“哪个方向？”

“逸势，问题本来是，为什么妖猫或兵俑会说出那种预言？但现在可以进一步思考，为什么他要如此大张旗鼓？目前的我们，光思考这点不就行了？”

“这样就行了？”

“行。”

“你说行，我还是不懂啊。”

空海面前的逸势，还一副困惑未解的神情。

“对了，我还有件事搞不懂。”逸势突然想起般地说。

“什么事？”

“今天的事。你不是说，已经采取行动了？”

“是呀。”

“什么行动呢？”

逸势说到此，屋内似乎有动静，一阵女声传来，说：“空海先生在吗？”

“啊！”玉莲惊叫，因为声音很耳熟。

推门而入的是个年轻姑娘。

“是牡丹啊！”玉莲说。

原来是牡丹。

她开口说：“好久不见。”又望向空海说，“空海先生，有访客哦。”

“访客？”

“是。是个大个儿。反正我正要来这房里，就代为通报了。”

“那大个儿的大名是？”

“说是大猴。”

听毕，空海转身向逸势说：“逸势。看样子，我采取的那个行动有回应了。”

【四】

大猴“咯吱咯吱”地踩着木板，走进房里。

带路的牡丹和她身后的大猴相比，体重有无大猴一半，都是个疑问。身材纤细的牡丹，看来更显得瘦小了。

“唉，空海先生，暮鼓开始鸣响时，我可吓出一身冷汗。不过，幸好那小子的去处是胡玉楼所在的平康坊，刚好同方向。”大猴边说边盘腿坐在地板上。

暮鼓，是指傍晚鸣响的鼓。

大约日落时分开始鸣鼓，敲完八百下，各坊便会关闭坊门。在各坊东、西、南、北向各设一个坊门，一旦坊门关闭，晚上便不得步出坊外。

史书记载，八百下鼓声，需花三到四刻钟——约一小时。这段时间足以让外出他坊的人，从容赶回自家所在。暮鼓鸣响终了之后，虽然禁止人员去坊外，却可随心所欲地在坊内走动。

不过，他坊之人在妓院听到暮鼓鸣毕，因无法返回自己家中，自然就得留在妓院了。

此刻，空海与逸势正处在这种状况中。

西明寺所在的延康坊位于长安城西侧。

不久之前，也就是暮鼓开始鸣响时，逸势问空海："喂，空海，这样可好？"

逸势迟早都得去平康坊西邻的务本坊，因为如同平康坊有花柳街，务本坊那边有中国古代教育体系中的最高学府国子监。

在长安城里，官署和文教区竟然紧挨着花街柳巷。逸势必须进入文教区的国子监学习儒学，但他尚未完成就读手续，目前暂时寄宿在空海那儿。

空海的身份也一样，他迟早得到密教本院青龙寺修习密教。视状况如何，早晚也得离开西明寺，转往青龙寺。

然而——

以遣唐使身份到大唐来研习文化的人，按规定得花上二三十年工夫。空海之前在西明寺的永忠和尚便在长安待了三十年。

他们有的是时间。

逸势本来打算先在长安城增广见闻，再找机会入学国子监。对逸势来说，他起初肯定也认为空海与自己抱持同样的想法。

然而，空海和逸势想法不同。

无法花费二十年光阴——空海打算用最短的时间盗取密教。

第一次获知空海想法时，逸势心想："这男人到底怎么回事？"

不过，最近逸势渐渐觉得："这男人本就是如此。"

空海是与众不同的存在——他不是西明寺的僧侣，所以没必要参加西明寺朝夕例行的修行或仪式。

即使如此，逸势仍然很担心。

因此，他才会脱口说出“这样可好”的疑问。

“无所谓。”

空海的回应，爽快得令逸势有点儿扫兴。

于是，逸势也决定继续留在妓院了。

玉莲准备了灯火，逸势也铁下心继续跟空海讨论的空当，大猴人就到了。

“大猴，那事办得如何？”空海问。

“一如空海先生所料。先生一行返家后，我在阿伦·拉希德宅前监视了一阵子。没多久，阿伦·拉希德就出来了……”

“噢。”逸势出声。

“我按照空海先生事前的嘱咐，随后悄悄跟踪。结果，发现那家伙竟走进平康坊东边尽头那栋宅邸。您猜猜看，那是谁的宅邸？”

“这个……”空海摇头。

“是王叔文先生金屋藏娇的地方——李香兰家里。”

“什么？！”逸势情不自禁地大叫出声。

“事情是这样的。我估计她平素大概会从附近店家购物，归途便到那些店里打转，探听各种消息。结果，真的查出屋主姓名，也知道那女人是谁的外室了，虽然多少也花了一些银子。”

“这事有趣。”空海眸子里满溢着好奇的光芒，喃喃自语。

“由于空海先生吩咐过我，只要确认阿伦·拉希德本人或他所派出的人，到底到哪儿去了，所以我只在那宅子前待了一会儿，正想打道回府时，凑巧阿伦·拉希德出来了。出来的还不是一个人，而是两个人。”

“哦？”

“同行的是个蓄胡的汉人，长得一脸穷相，所以我猜八成是那个周明德。”

“你怎么知道？”

“我跟踪他们，还听到他们的谈话。”

大猴尾随他们走进稍前方一家酒肆。

“那是卖便宜酒，且有女子陪酒的店家。我也若无其事地走了进去，就近坐下偷听。不过，那个阿伦·拉希德也未免太小气，明明有钱，却刻意带周明德到便宜的店。”

“他们到底说了什么？”逸势探出身子问。

“说了很多。从两人的谈话得知，李香兰是王先生的外妾。”

大猴将牡丹准备的水一饮而尽，再用粗臂膀擦了擦嘴，才开始说起阿伦·拉希德和周明德的对话。

“他们起初是窃窃私语，不久有了几分醉意，声音愈来愈大，偷听也就很方便了。”

【五】

“周先生。”阿伦·拉希德一边为周明德斟酒，一边开口道。

店内充斥着男人的下流笑声、女人的撒娇声，他们两个人也不召唤女人，自顾自地凑着脸说话。或许在这样的场所，出乎意料地适合说秘密话。

不过，大猴还是听到了两个人的对话。

“老实说，你真的不知道督鲁治尊师到哪里去了吗？”阿伦·拉希德这样问。

周明德点头道：“真的不知道。”随即端起满斟的酒杯送到嘴里。

“或许这事可以发一笔横财呢。”

“你是说那倭人？”

“不错。”

“有关那倭人，我也听督鲁治尊师提过。据说，正是他在妨碍尊师的工作。”

“原来如此。”

“听说尊师一度想恐吓对方，花钱找人袭击他们，但失败了。”

“对方也提到此事了。说什么在马嵬驿杨贵妃墓地遭人袭击。”

“噢。”

“据说，袭击者之一被捕后供认，是在平康坊道观受猫委托的。”

“噢。”

“这么说来，督鲁治尊师真的找人袭击了那倭人喽？”

“嗯，没错。”

“为什么督鲁治尊师要攻击倭人？”

阿伦·拉希德的眼睛闪烁着邪气的光芒。

“我怎么可能知道？”

“督鲁治尊师行踪不明，跟这事有关联吗？”

“我也不知道啊。”

周明德边说边望向阿伦·拉希德：“你是不是在耍什么诡计？”

“我没耍诡计，但正想这么做。”

“做什么？”

“刚刚不是说过了，捞一笔钱啊。”

“哦。”

“如果我们够灵活，肯定可从倭人那儿捞到不少钱，因为倭人到长安，身边都带着够他们在这儿吃喝玩乐二十年的钱。”

“不光是这样吧。”

“啊？”

“你这家伙，是不是也想从督鲁治尊师那儿行骗？”

阿伦·拉希德嘴角上扬，以低沉的笑声代替回答。

“喂，也算上我一份吧。”周明德低声道。

“可是，周先生，你不是说，不知道督鲁治尊师现在人在哪里吗？”

“笨蛋。我虽说不知道他的行踪，不过，要联络上他，也是有办法的。”

“什么办法？”

“如果全都告诉你，我就拿不到我那一份了。”

“那你想怎么做？”

“先等等。我先设法让你跟尊师碰面。一旦安排妥当，我再通知你。”

“需要多少时间？”

“快的话，今、明两天。”

“慢的话呢？”

“这个……”

周明德的嘴角浮出不太高尚的笑容。

【六】

“重要的话就谈到这儿为止。”大猴说。

据说，两人又聊了一会儿，走出店家，在店前分手。

“当时，我不知道要跟踪哪个才好，但我猜，阿伦·拉希德早晚都得回家，于是尾随在周先生后面了。”

不知是不是察觉大猴在跟踪，周明德并没返回李香兰家，反而走往相反方向。

时辰已近日落，暮鼓响起第一声。在暮鼓响了近百声后，周明德停下了脚步。

那是平康坊东边尽头一间矮小且半倾圮的旧孔庙。

庙前旁侧的石塔已崩毁，石头滚落在庙四周。

周明德站在其中一块石头上。

他四下张望后，从怀里取出一条白布。

接着将白布绑在已倾圮的庙檐前。

周明德只做了这件事。

从岩石上下来后，他若无其事地返回李香兰家。

确认周明德返回李香兰家后，大猴才到胡玉楼来。

“白布？”逸势一副若有所思的表情，喃喃自语。

“大概是某种暗号吧。”空海回道。

“暗号？”

“周明德大概是用这种方式和督鲁治咒师取得联络的吧。”

“原来如此。”

“反正阿伦·拉希德那儿会向我们报告后续状况，在那之前，我们就老实点儿吧！”

“按兵不动吗？”

“不，在这长安什么事都不做，岂不太可惜了？”

“做什么？”

“我就集中精神学梵语吧。”

“……”

“逸势，这样不是很好？你也可以抽出时间找儒学良师了。”空海向逸势笑道。

“空海先生。我该监视周明德，还是那条白布？”

“偶尔去探看一下就行了。太过紧迫盯人，早晚会被察觉。万一被他们发现，那边大概就不容易现身了。”

空海将视线移回牡丹和玉莲身上，说：“能不能再给我一杯酒呢？”

第二十一章　督鲁治咒师

【一】

狗在狂吠。

微弱悲鸣般的远吠声，飘升至天际，卡在遮蔽月亮的乌云附近，久久不散。

深夜——

四下还无人起床，唯有槐树枝丫随风沙沙作响。

此处是屋倾檐斜的道观。

阿伦·拉希德与周明德坐在道观屋檐下的石阶上。

兰陵坊西边尽头的朱雀大街就在前方防火墙的另一端。

“尊师当真吩咐我在这儿等他？”

阿伦·拉希德的声音惴惴不安。

“是。”周明德回应。

前天夜晚，周明德辗转反侧，半夜醒来。

他感觉胸口沉甸甸的，睁开双眼一望，被褥上坐着那只黑猫。

黑猫带点青蓝磷火的眼眸，正直直俯视着周明德。

“咔”的一声，黑猫张开赤口，以沙哑的声音问道：“是你叫我吗？”

“是，是的。”周明德身体微微颤抖，点了点头。

“找我干什么？”

“您还记得卖地毯的阿伦·拉希德吗？”

“记得。”

“那男人说想见您一面。”

“他又要我诅咒谁死吗——”

“不，似乎不是。”

“那是什么？”

“详情我不清楚，听说，有名倭国和尚去找他，打听督鲁治尊师大人的行踪。阿伦·拉希德说，为了此事，有话想告诉您。”

周明德说完，黑猫噤不作声，似乎要试探他的真意，两眼凝视周明德的眼眸。

“知道了，”黑猫回应，“后天晚上，我会抽时间去。若他能来，在老地方绑黄布条。”语毕，黑猫指定了兰陵坊这里为见面地点。

“哎，那猫当时在胸膛直盯着我瞧，简直吓死我了。”周明德向阿伦·拉希德说。

此时，不知何处又有狗朝空狂吠。

一只狗发出吠声，受那吠声引诱，其他狗也相继吠个不停。

宛如有不祥动物趁着夜色穿过街道，狗吠声正在循序追逐。

“可是，尊师没有来呀。”阿伦·拉希德焦急地说。

“督鲁治尊师吩咐，见面时间是半夜。时辰还没到。”

“我总觉得周先生似乎很害怕。”

“没错。我说过，如果可以捞一笔钱，要算上我一份。可是，如果你蒙骗督鲁治尊师的话——”

“不是蒙骗，是帮忙。帮他忙，再向他索取理所当然的礼金。”

“可是——”

周明德心有挂碍的模样。

“你放心吧。”

“我愈来愈没劲了。”

“再说，我多少知道点督鲁治尊师的秘密。”

“秘密？”

“是的。”

“你知道什么秘密？”

“比方说，周先生您目前寄住的地方——那儿的主人，听说是王叔文先生的小妾。”

“这事，附近消息灵通者都知情。”

“那周先生为什么可以寄住在王先生的别宅呢？”

“……”

“你看，说不上话来了。”

“我才没有。”

“那为什么周先生会在那宅子里？”

阿伦·拉希德追问，周明德支支吾吾。

“督鲁治尊师叮嘱我，先在那里躲一阵子。他说，现在那儿最安全。如果有事，他会再找我替他干活。”

“我是问你，为什么安全的地方，是王先生的小妾家里？”

“不、不知道。”

“不过，多少心里有数吧。”

“……”

“让我替你说好了。因为督鲁治尊师跟王叔文先生相识，是吧？尊师跟王先生两个人，是不是正一起干着什么勾当？”

“……”

“最近传言，朱雀大街出现奇怪的陶俑妖物，您可曾听过？”

“嗯、嗯。”

“不知为什么，俑妖在朱雀大街到处树立布告牌。”

夜晚灯火下，周明德脸色骤变。

“听说，‘德宗驾崩，后即李诵’——布告牌是这样写的。”

“……”

“不知跟朱雀大街引起骚动的俑妖是否同一尊？不过，某天，我到周先生宅邸拜访时，偶然瞄见内室也有一尊大陶俑。”

黑暗中，阿伦·拉希德似乎正在窥看周明德的神色。

“快别说了！”周明德声音僵硬。

阿伦·拉希德的唇角浮现一抹微笑，说：“我总觉得，督鲁治尊师跟王叔文先生，好像有什么企图。”

周明德的喉咙上下抽动。

他像是要吞咽口水，喉咙却干巴巴的。

“看样子，我猜中了。”

“你凭、凭什么这样说？”

“我凭的是想象。为什么周先生会寄居在王先生的小妾家？仔细想一想这个问题时，自然就得出这种结论了。”

“你听好，有关这事，在下一无所知，也不想知道。”

“不过，你曾想象过王叔文跟督鲁治尊师之间的关系吧？”

“不知道。”

阿伦·拉希德发出低沉的笑声，那笑声令人心里发毛。

“完了。被你怂恿，利欲熏心想插一脚，真是大错特错——”

“怎么，你后悔了？”

“没错。我不该来这种地方。现在退出还不迟，趁督鲁治尊师还没到，我要先走了。”

“真是懦弱。”

“……”

“你放心。我们今晚的目的，是来向督鲁治尊师报告关于那个到处探听尊师去处的倭国和尚的消息。我根本没打算拿王叔文或俑像的事敲诈尊师。”

“别说了。”周明德举起双手，将整张脸埋进袖口。

“你今晚的目的，是想判断，到底出卖尊师给和尚，跟站在尊师这边，究竟哪方可以赚到钱吧？”脸埋袖口的周明德说。

“你说得这么露骨，叫我如何是好？”

“话说回来，刚刚你脑海里浮现的想法，你曾对谁透露过吗？”

“脑海里浮现的想法？”

“你刚刚不是说，王先生跟督鲁治尊师有什么企图吗？”

不知是不是多心，周明德脸孔朝下的姿势不变，声音却有些许转变。

奇怪——

阿伦·拉希德觉得有些蹊跷，却还是回答说：“这事，我还没对任何人提起。”

“是吗？那就好。”周明德干脆地回应。

那声音完全不像周明德本来的样子。

沙哑且低沉。

“周先生——”

阿伦·拉希德唤出声时，此刻，天上浮云裂开，青蓝月光自天际斜斜照进道观屋檐下。

“原来如此，你还没对其他人说啊？”周明德齿间因大量空气冒出而发出咻咻声，“是吗？那真是太好了。”

月光下，周明德自袖口抬起头，望向阿伦·拉希德。

一看到那张脸，阿伦·拉希德不禁放声哀叫：“哇啊！”

自袖口中抬起的周明德的脸，已变成黑猫的脸了。

【二】

发现阿伦·拉希德尸体的，是一位老妇。每天一大早，她便来洒扫那座形同废墟的道观。

一如往常，她手持扫帚徒步至道观，却见一道黑漆人影，倒卧在屋檐下。

她知道偶尔会有醉汉或流浪者露宿此地，遂不疑有他，继续前进。然而，这倒影却让人觉得模样古怪。

如果是露宿，不仅睡觉地方怪异，那仰卧模样也颇为奇特。

老妇挨近一看，躺卧者是来自外国的胡人。

老妇僵立在原地，发出哀号声。

因那胡人喉头皮肉，被野狗之类的兽物啃蚀得一点不剩，隐约可见筋脉、白骨。自喉头汩汩流出的鲜血，在地面渲染成一大块黑渍，附近弥漫着一股浓烈的血腥味。

或许惊恐万分，胡人眼珠极力外睁，仿佛就快滚落一般，张大的唇间露出死白的牙齿。

老妇急忙找来衙门吏役。

是露宿者熟睡之际，惨遭野狗攻击，被咬喉致死？

或是先死于其他原因，才被野狗咬破喉咙？

话又说回来，的确有许多人证言，昨晚附近野狗骚动许久。

因死者是胡人，有数人被传唤至此，检视死尸。

其中一人说："这不是卖地毯的阿伦·拉希德吗？"

死尸身份终告确认。

最早将这事告诉空海的，既非逸势，也非大猴，而是马哈缅都。

死尸被发现的隔天中午，马哈缅都直接来到西明寺找空海。

在空海房里，面对着空海、逸势，"老实说，"马哈缅都开口道，"您或许已经听到传言，卖地毯的阿伦·拉希德死了。"

"啊"的一声，逸势惊叫了出来。

"你是说，死了？"

"是的。"

"为什么？"

"不知道。"马哈缅都徐徐地摇头说，"我只知道一件事——"

"……"

"那就是，阿伦·拉希德是被杀死的。"

【三】

“事情既然发展成这样，我反倒担心起周明德了。”送马哈缅都至大门，空海返回房里后，如此说道。

“要不要我现在去看看状况？”大猴从空海身后出声。

“那就拜托你了。”

“我马上就去。”

巨大身躯后方卷起一阵风，大猴跨步扬长而去。

逸势望着消失于门外的大猴背影，暗自发出“呵”的一声，嘴角浮现出微笑。

“怎么了？”

“什么怎么了？”

“罕见你这样笑。”

“我在笑吗？”

“嗯。”

“那又为什么罕见呢？”

逸势已恢复了一贯的神情，唇角内宛如含着某种愁苦。即使显现笑容，逸势的神情也仿佛残留着莫名的愁苦。

空海方才说罕见，是指逸势脸上浮现不带愁苦的笑容。

“逸势，别生气。我只是在想，你也有这样笑的时候。”

“所以我问你，我到底怎样笑吗？”

“别要我说明。我只是喜欢你刚刚的表情而已。”

“这有什么好大惊小怪的？”逸势噘着嘴。

“我也喜欢你生气时的表情。”空海唇角浮现微笑。

“不玩了。”逸势没劲头地说，“跟你抬杠，真吃亏。”

“吃什么亏？”

“不太清楚，就是因为不清楚才会吃亏吧。”

“你吃亏了吗？”

“吃亏了。”

“结果，刚才那是什么意思？”

“我为什么笑吗？”

“正是。”

“也没什么大不了。只是瞧见大猴，突然灵机一动。”

“你想起了什么？”

“哎，空海啊，我总觉得，大猴这家伙为你办事时，似乎快乐到不行。如果我刚刚笑了，只是这个缘故。”

逸势话未说毕，便听到慌乱的脚步声，后面传来呼唤：“空海先生——”

空海与逸势回过头去，只见方才应该已经出门的大猴立在那儿。

“怎么了，大猴？”

“也没怎样，空海先生。不过就是我一出门，就碰到某人了。”

“碰到谁？”

“前不久来这儿迎接空海先生到柳先生那儿的——”

“韩愈？”

“是的。韩愈乘马车驾到，跟我碰个正着，他让我传话。”

“什么话？”

“好像是柳先生派他去办急事。他说，可以的话，请空海先生马上过去一趟——”

“马上去一趟？”

“韩愈先生是这么说的。”大猴的目光往后面瞧。

顺着大猴的视线一看，西明寺山门下，果然站着一名男子正朝着这边望。

“韩愈……”逸势视线移至那男人身上，喃喃地念着对方名字。

察觉两人投来的视线，韩愈恭敬地行了个礼。

【四】

空海、逸势围着木桌，与柳宗元相对而坐。

此处正是前不久双方碰面时，柳宗元友人那栋宅邸。一如上回情景，马车东绕西转，好不容易才来到这座宅邸。

迎面而坐的柳宗元，满脸沉重的表情。他双颊陷落，眼眶发黑，唯有眼神不变，宛如在揣测对方的分量。

“发生了什么事？”招呼打完，先开口的是空海。

柳宗元颔首，以沉重的声音说道：“确实出事了……”

“什么事？”

“很严重的事。可是在宫里，我却找不到可以商量事情的人。”

“……”

“我们想做的，是政治改革。希望有一天，可以开创新局，不让宦官及五坊小儿再欺负无辜百姓。所以，才拥护王叔文先生。该做的事堆积如山，我们却做不到百分之一。宫里大半以上的人，对我们的改革很不高兴，树敌很多。万一不小心找错商量对象，光这点，就会毁掉我们的计划了。”

“您找王叔文先生谈过了吗？”

“没有。”柳宗元摇摇头。

“为什么？”

“可以说，我目前所面临的困扰，王先生本人也牵扯在内。”柳宗元呼吸困难般地答道，“我找你这位外国人商量这样的事，或许有些奇怪。可是，空海先生，我见过您替商贩解围，目睹了您拥有不可思议的力量。目前，我可以商量的对象，就只有您了，空海先生……”

“只有我？”

“是的。我要商量的事跟您有关，跟杨玉环也有牵扯。”

“总之，您可以把事情说出来吗？”

“是。当然，请您务必保密——话虽如此，或许附近的人早已察觉，空海先生也知道了。王叔文先生身边有位女子，很早以前，他就暗中照料她的生活起居。”

“是住在平康坊，名叫李香兰那位吗？”

“哦，您都知道了吗？”柳宗元惊呼道，“既然您已经知道，那我就直接说了。老实说，有名男子寄住在李香兰家中，是王先生关照进去的，虽说男女同居不大好，但因还有好几个下人，又是王先生所安排，所以我们对这事并未关切太多。”

“嗯。”

“不过，寄住的那位男子，似乎是空海先生搜寻的某道士。”

“是周明德吧。”

“真令人吃惊。您说得没错。为什么会知道这件事？不，这事待会儿再听您高见，现在先让我说说我的事吧。”

如此，柳宗元开始述说事情的来龙去脉。

【五】

据说，周明德回到那宅邸，时辰已过大半夜。

入门后，周明德便直驱李香兰房间，叫醒她说：“喂，那信匣呢？”

“信匣？”李香兰一边揉着惺忪的睡眼，一边点灯火问道。

“对。”周明德挨近李香兰。

摇曳的灯盘烛火，映照着周明德的脸孔。

李香兰见状，“啊”的一声发出惊叫。

原来，周明德满脸是血，那血一直流淌至胸部，甚至衣襟、衣袖也都被鲜血濡湿了。

“喂，信匣呢？”对着几近瘫软的李香兰，明明寄人篱下，周明德却以主人般的口吻追问。

“信匣？”李香兰猛然想起一件事。

这信匣，正是前不久王叔文来时，咐吩道：“这东西寄放在这儿一阵子。”

而后搁置下来的东西。

信匣表面描绘着螺钿图案，模样十分精美。

不过，为什么周明德知道王叔文寄放的信匣呢?

“那、那信匣——”

卧室墙边有个壁橱，就放在那里面。

李香兰话尚未说出，周明德便已找到那壁橱了。

打开壁橱后，周明德一边将里面的东西一件件取出，一边说道：

“哎呀，可不就在这儿吗？”

沾满血迹的脸，笑得十分得意，他伸手取出那信匣。

他打开信匣盒盖。

“怎么，是空的？”

里面空无一物。

“喂，你——”

手拿空信匣，周明德神色骇人地看着李香兰。

“这信匣里面的东西，到底怎么回事？”

“我不、不知道。从没见过里面的东西。”李香兰用双手撑着自己说道。

“嗯哼。”周明德像在思考什么，又仿佛理解了某事一般，最后点了点头，“难道被谁拿走了？”

周明德以可怕的眼光，再度瞪视李香兰。

李香兰吓得魂不附体。

“哎，既然不见了，那也没办法。不过——”说毕，周明德不客气地挨近李香兰，一把抓住她纤细的手腕说道，“那就来占占你的便宜了。”

那张沾满血迹的脸孔不断逼近，血腥味直往李香兰脸上冲来。

她吓得连发出哀叫的力气也无。

如此，周明德凌辱了李香兰两次。

“真是痛快！”

周明德站起身，裸着身子在宅邸内踱步，还大声使唤下人们：“喂，起来，起来！”

就在李香兰的注视下，他对起床的下人们说道：“你，到院子里拿木柴。”

“你，去准备大锅。”

“你，备水。”

下人们各个睡眼惺忪。

虽说周明德裸身吆喝他们，因平素便是熟脸常客，他们也就准备柴火，取出大锅、水。

宅邸宴客时，有时得准备百人以上的饭菜，所以备有大锅。

遵照周明德的叮嘱，下人们在院子堆柴、架锅、盛水入锅。

“点火！”周明德说。

不一会儿，薪柴起火，大锅底下开始冒出橙黄色的火焰。

此时，李香兰也整好装束，到院里来。

不久——

锅里的水咕噜咕噜地发出声音，开始沸腾起来。热水滚沸的大锅摇摇晃晃。

“好了，应该可以了。”周明德说道，“接下来，让大家看看好玩的事。”

说毕，周明德便徒手抓住大锅边缘。“嗞——”的一声，令人厌恶的烤肉焦臭味四溢。

就这样，周明德抬高光溜溜的身子，投身沸水之中。

连制止都来不及。

如果人站在大锅中，肚脐以上会露出水面，不过，周明德是全身下沉投入滚烫的沸水中的。没多久，滚水上浮现出他那张煮得透红的熟脸。

不知是否在沸水中未曾合眼，周明德的眼珠被煮得白浊不堪。

“真是舒服啊。”周明德用双手擦拭自己红通通的脸孔。

结果，脸皮整张脱落，隐约可见黄中带白的脂肪组织。下一瞬间，整个身体沉入沸水底部，周明德死了。

他竟然将自己下锅煮沸而死。

【六】

“总之，空海。因为这事，今早李香兰请我到她宅邸去了。”柳宗元束手无措地说。

“为什么请你到她府上？”

“因为她想找人商量，所以才想起与王叔文最亲近的我吧。”

“换言之，李香兰会这么做，另一个原因是，周明德凌辱了她。”

“是的。这事到底该老实告诉王叔文，还是隐瞒不说的好，李香兰现在惊慌失措得无法判断了。”

“原来如此。不过，柳先生为什么这么急着找我来呢？李香兰被凌辱的事，不是愈少人知道愈好吗？”

“问题正在这里，空海先生。今天我讲这番话的目的，其实在后面。刚刚那些话，都是为了说明后面的事，实在不该隐瞒空海先生。”

“还有其他事？”

“我到李香兰宅邸时，在那儿见到某样东西。”

“某样东西？”

“就是我刚才提过的信匣。”

“信匣？”

“是的。那正是我收藏晁衡大人信件的信匣。”

“这真是、真是——”连空海也惊叫起来。

柳宗元沉默了下来。

他默不作声地以袖口擦拭额头上的汗珠。

“您刚刚说，那是王叔文先生寄放在李香兰那里的信匣吧？”

“是的。”

“那信匣，真的跟柳先生被偷走的信匣一样吗？真的是装有晁衡大人信件的那个信匣？”

“错不了。不仅图案，连信匣外表的小瑕疵，都跟我记忆中的一模一样。”

“这么说来，偷走信匣的是王叔文先生？”

“我不得不这么想，所以才进退两难。空海先生，能不能给些高见？”

“那信匣是从柳先生宅邸偷走的，这事告诉李香兰了吗？”

“不，还没。”

“只要没说，或许还可设法解决。”空海说道。

第二十二章　阿倍仲麻吕

【一】

“逸势啊，我觉得有点儿伤脑筋……”

空海说得莫名其妙，却一脸认真。

逸势则一脸莫名其妙，却认真地回望空海。

一灯正燃，映照在空海的脸上，火红摇晃。

“怎么了，空海？”

“事情不像我估计的那般顺利。”

“什么事？”

“种种事。”空海叹了口气。

“那是当然的。”

“没错，诸事不顺是理所当然，顺利的本来就很少。”

“大抵说来，你能力比别人强太多了，所以会认为事情应该顺利进行。对别人来说，进展不顺才是理所当然的。”

“或许吧。”

“空海，你这么正经八百地点头，会让我觉得很困惑。太正经了，根本不像你。”

“嗅。”

“到底发生了什么事？”这回换逸势神情严肃。

“逸势，看样子，过去的我，好像自以为深谙人心。”

“是吗？”

“无论人家想做什么，我总认为，反正脱离不了这天地间的事。”

“……”

“却没想到，人竟然这么有趣。”

“有趣？”

“嗅。”

“你在说什么？”

“我是说，人很有趣。”

“我倒觉得你是在说，人很难以理解。”

“也没错。人啊，因为难以理解，所以有趣。”

“什么？！”逸势不解空海话中含意。

“逸势，我啊，过去动用种种小聪明。现在想起来，那是因为我一直误以为自己深谙人心。”

“你耍了什么小聪明？”

“比如说，藤原葛野麻吕的事。”

“你对那男人做了什么吗？”

“那男人回日本时，我向他说了一句话。”

“说了什么？”

“我说，既然大唐天子驾崩之时，日本国使节正好在大唐，你们应该不会就此了事吧？可不能让吾国天皇蒙羞啊！”

“你是说，德宗皇帝驾崩这件事吗？”

“正是。我的意思是，藤原葛野麻吕回日本国后，朝廷再派遣使节，换上庄重的衣冠，以得体的礼仪吊唁，这样做比较好。”

不消说，日本国遣唐使这回并非为吊唁而来。

简单地说，遣唐使带着日本当地名产，前来大唐朝廷致意，留学生则是为学习大唐文化而来。就在此时，大唐皇帝驾崩了。

遣唐使团团长藤原葛野麻吕虽出席了大唐天子的葬礼，表达了吊唁之意，此举却非日本国正式吊唁。

如空海所说，日本朝廷应该再度派出代表天皇的使者，前来表达哀悼之意，才合乎这时代的义理。

然而——

“这事有什么问题吗？”

“顺利的话，一或两年后，日本就会派遣吊唁使者前来大唐。”

“……”

“到时候，我打算随那艘船回日本去。”

“回去？”

“嗯。”

“你是认真的？”

逸势大声追问，也是理所当然的。

空海和逸势，预定留唐二十年，各自学习密教和儒教。

因此，两人各自募集了足够二十年生活的费用，来到了大唐。要是他们只待一两年，不仅违反约定，回到日本还可能被判刑流放。

“我本来就打算如此。”

空海满怀愧疚地搔头说。

“密教的学业怎么办？只在这儿两年，你有办法完成吗？”

“我会设法完成。”

“怎么做呢？”

“或许如同我所提过的，我打算先打响名声，让大家都知道来自倭国的僧人空海是个能力不错的家伙，然后再去求见青龙寺惠果大师。”

“这样做，二十年就能缩短为两三年吗？”

“大概吧。”

“大概？”

“逸势，我带来可以在此生活二十年的费用。要是我在两年内把钱花光，你认为事情会变得怎样？”

“两年内花光？”

“我本来想，如果惠果大师愿意卖给我密教，那也行。”

“把密教卖给你？”

“嗯。我打算用那二十年的资费，向惠果大师买下密教。”

“……”逸势一时竟说不出话来。

“逸势，你听好。不管用钱买或凭一己之力学成密教，起初我真的认为，只要惠果大师同意，我也同意的话，怎么做都无所谓。”

“当真？！”

“归根结底，密教本来就是这样。只要师父有心传承给弟子，不管用钱买或用偷的，我认为都无所谓。正因为接受的这方存有自信，所以无论师生之间涉及金钱或其他，弟子也能完全学得密教。”

“噢……”

“你想想看，如果我在这儿待了二十年，二十年后，谁能保证我可以重返故国？”

“噢。”

“阿倍仲麻吕大人最后不就是客死异乡，没能回到日本吗？”

“嗯。”

事实上，翌年春天，遣唐船以吊唁的名义再度前来大唐。之后，遣唐使就被废止了。

空海可说是具有先见之明。

“如果二十年后还可重返日本，那时我已五十岁了。我的余生若还有十年，我又能在国内做多少事？大概做不到我想做的一半吧。”

“你想做什么事？”

“这……”空海伸出指尖，搔了一下自己的鼻头，说，“我想把日本变成佛国净土。”

“佛国净土？”

“我想用密教对日本下咒。”

“十年工夫不够你做吗？”

“不够。”

“你是认真的？”

“当然认真。只要梵语学完，我就算准备齐全了。接着，就看惠果大师那边的准备，到底齐全到什么程度了。”

“什么意思？”

“也就是说，让惠果大师那边做好种种准备，用来判定我是不是一个适合传承密教的人。”

“你这家伙真是异想天开。”逸势似乎连目瞪口呆的心理准备也没有，“空海啊，你刚刚这番话，千万别对他人说，就只能对我……”

“所以，我只说给你听，从没透露给别人知道，往后也不打算再提了。”

“噢……”逸势凝视空海，语带叹息地说道，“你真是令人无法捉摸。”

“总之，先前的我，总认为凡事船到桥头自然直。”

“嗯。”

“可是，逸势，人就是这么有趣。”

“你到底想说什么呢？”

“我改变看法了。现在我认为，我过去所施弄的种种小聪明，对人或说对人心这种有趣的存在来说，可能是一种多余的浪费。换句话说，我太傲慢了。”

“你以前好像也说过类似的话。”

“简单地说，我正在考虑，也不必勉强硬赶着回日本。”

“是吗？”

“我正在想，如果早回去，也行。相反，回不去就回不去，那也无所谓。”

“……”

“这个长安城，是个人种大熔炉啊。”空海用力地说，“在长安这个有趣的人种大熔炉中，结束这一生也是挺有趣的吧。”

完全是一副无关紧要的模样。

说到此，“扑通”一声，不知何物自天花板掉落到地板上。

逸势朝该处望去。

“是种子？”空海低语。

某物掉落的地方，有一株绿色小东西伸展开来。

是植物的芽。

新芽很快伸展开来。

一片、两片、三片……叶子愈长愈多，也愈长愈大。

叶子沙沙作响逐渐茂密，仔细一看，叶影下有个花苞。眨眼之间，花苞渐次膨胀起来。

“喂，空海你看！”逸势叫道。

此刻，花瓣已幽幽绽放。几次呼吸之间，饱含湿气的花瓣已恬静地开放出又大又艳的红花来。

原来是一朵沉甸甸的大红牡丹。

“空海，有人！”逸势高声尖叫。

定睛一看，一个拇指般大小的老人，正襟危坐在方才绽放的花瓣中，正仰望着空海和逸势。

毕恭毕敬地向那老人行了个礼，空海镇静地说：“丹翁大师，久候大驾光临。”

“丹翁？”逸势重新探看花瓣，只见那丹翁仰望二人，一脸微笑。

“我们已中了那家伙的法术了吗？”逸势惴惴不安地问道。

“逸势，我们就好好接纳丹翁大师的盛情吧。”空海脸上也浮出微笑，转向丹翁问道，“是我去找您，还是您移驾过来？”

“空海，你想来吗？”

“在下乐意得很——”空海慢条斯理地起身。

“喂、喂……”逸势略微躬腰，呼唤空海。

“逸势，你也来吧。这可是千载难逢的机会。”

“你说让我来，可是我不知道该怎么去啊？”

“你先起身，站到我身旁，闭上双眼。”

空海说毕，逸势提心吊胆地起身，站到空海身旁。

空海握住逸势的手。

"闭上双眼。"

"噢。"逸势闭上了双眼。

"听好，我说走时，你什么都不要想，跟我一起向前跨两步就行了。"

"嗯。"

"听好，走……"逸势被空海挽着手，向前跨出一步、两步。

"现在，睁开眼睛。"

听从空海的吩咐，逸势睁开双眼，人竟已在那牡丹花瓣之中了。

如同屋舍般巨大的牡丹花中央，空海和逸势并肩伫立。

两人前方，丹翁坐在花蕊粉末散落的花瓣上面，静望着空海和逸势。

漫天的红光轻轻地环绕着两人。

对面隐约可见方才空海房间的模样。

空海在丹翁面前缓缓落座。

逸势也学着空海，坐到他身旁。

"我正猜测，大师今晚可能会出现。"空海向丹翁说。

"哦，为什么？"

"李香兰宅邸遗失了晁衡大人的信件，此事莫非是丹翁大师所为？"

"哈哈！"丹翁开心地笑道，"你都知道了？"

"得知信匣里的东西不见时，周明德惊讶万分，那时我就猜测，应该是丹翁大师了。"

"的确，那封信已落入我手中。"丹翁左手伸进怀中，取出一轴信卷，“就是这个。”

丹翁将信卷递给空海。

“依照约定，我想请你为我读信。”

逸势一听此言，惊讶地望向空海。

“喂、喂，空海，所谓约定，到底怎么回事？”

“我们约定，只要丹翁大师能拿到晁衡大人的信，我就要为他读信。”

“什么？！”

“待会儿我再向你详细说明。”

空海视线自逸势转至丹翁身上。

“拿去吧，空海。”

空海伸手接过丹翁递来的信卷。

信卷贴着题署的纸签，上面用大和语写着一行字：

奉玄宗皇帝之命，倭国遣唐使阿倍仲麻吕携太真殿下共赴倭国。

纸签文字是以汉字为发音记号的万叶假名。

从旁探看的逸势当然也可以看到那些字。

信卷外面以麻绳捆绑。空海仔细解开麻绳，慢慢打开信卷。

信卷上写的，是发生在玄宗皇帝和杨贵妃之间的离奇故事。空海以清晰的思路，开始念出那封信。

【二】

阿倍仲麻吕的信。

太白大兄足下：

尽管在下才疏学浅，基于下列理由，我仍决意写下这件事。

下面所要叙述的，虽是我个人亲身经历，却也是值得记录的、不可思议的奇幻之事。另者，我且认为，若不写下来，这件事将随相关人士之死，全部埋葬于历史的阴暗中。

此事诚为大唐帝国的巨大花影，乃一朝之秘事，即使如我，也难以窥知其全貌。

我只知道，诚如上述所言，如果我不写下来，这令人惊叹之事将自世间消失不见。至于事情全貌，现在只能凭人想象了。但我认为，即使是故事的一部分，只要能撰写成文，仍有其一定的存在意义。

更直率地说，无论如何我都得写下这件事，因为此事与大唐最高权力者的秘密相关，而我正是涉入其中之一员。对我而言，无法透露给任何人知道而撒手人寰，那将是一件难以忍受的事。

此种心情，大兄应该可以理解吧。

你读到这封信的机会有多大？我完全不知道。就算有机会吧，也不知道你能否读懂日本国的文字。或许你没办法读，但我仍然想用以你为收信人的形式，写下这封信。

请原谅我，必须以即将遗忘了的故国文字书写这封信。以此种文字形式来揭露大唐帝国的秘密，实感歉疚。原因是我记录此秘密的目的，纯粹是我无法将之埋藏在内心之中，而不是为了让谁阅读而写的。

大唐国内能读通这封信的人，或许很少吧。我想，在你如今所在的当涂县应当也没有这样的人。但即使如此，这封信，我还是要以你为收信人。

以日本语言书写这封信，牵强附会地说，是因为吾国与此事未必完全无关。

以大兄为收信人，则因你与这件事多少也有些牵连。

玄宗皇帝、肃宗皇帝均已驾崩，高力士也不在人间了。不仅此事件的当事人，就连你我及稍有瓜葛的许多熟识，也都将依次告别人世。

算一算，我也已六十二岁。

来日毕竟无多矣。

唉——如此动笔写信，我才发现，竟然有这么多话自我内心絮叨吐出。

我曾一度返回日本国未果，而又踏上这块土地。这或许是天意安排，要我写下这封信吧。回到长安后，我即拜读了大兄所写的《哭晁卿衡》诗。

你我相遇，究竟是何时呢?

记忆所及，当系天宝元年的事。

你因与高力士不和而离开长安，是在天宝三年[1]。仔细数算，我们已有十八年未曾谋面了。

与你在长安共度的时光，不过两年光阴，现在却还能持续如此书信往还，对我而说，诚属侥幸。

你在长安之时，彼时的长安，恰如一朵盛开的大红牡丹，尽情灿烂

1　天宝三年，即公元七四四年。——译者注

绽放，散发着芳香气息。

天宝二年晚春，你被皇上召唤至兴庆池沉香亭，一挥而就写下《清平调词》。当时，玄宗皇帝五十九岁，我四十三岁，你也同样是四十三岁。

芳龄二十五的杨贵妃，在我们看来，美得近乎妖艳。诚如你诗中所言，我也认为将贵妃比喻为花，实不如以看到花时便想起贵妃的比喻，更恰如其分。

都是二十年前的事了，许多事都已消散，印象也模糊不清。唯独配合《清平调词》妖娆起舞的贵妃舞姿，至今回想起来，犹然历历在目。

以下我要说的，即是有关贵妃之死的事。

再次请你原谅我执意以你所不熟谙的日本国语言书写这封信。

远离故国已四十五载，我在大唐的日子，是在故国所经历的岁月的三倍。我的父母早已双亡，应该也没人会想起我了。然而，年老迟暮的我，日夜萦绕心头的却都是故国之事。

我想，在此有生之年，大概不可能重新踏上故土了吧。

或许，这封信上所写的事，正是我回归故国的最后一次机会。

所以，我用即将遗忘的日本国语言写这封信，也正因为我可以借此书写，再次细细追怀故国之事。

读过这封信后，你若想通知谁，悉听尊便。关于这封信，我对你一无所求。

无论是未读，还是读过了，总之，这封信，你要烧毁或脱手，均无所谓。

只要能写下这件事，并寄给你，我就心满意足了。

【三】

有关安禄山之乱的原委，实不必由我赘述。

比起如此之我，总有一天，史家会以如椽大笔汇整记录下这段历史。在此，我只想说说，安禄山之乱的幕后到底发生了什么事。

安禄山自称“大燕皇帝”，改元“圣武”，时当天宝十五年正月。

此消息一传来，玄宗皇帝激怒非常。已经七十二岁高龄的他气得浑身发抖，自御座上站起来，咆哮道：“我要杀了这男人！把他斩首示众，盐渍尸体，喂给狗吃！”

向来亲赐恩宠的那杂种胡人，竟然自封皇帝，改国换号，昭告天下。如今，安禄山已非单纯叛军首谋而已。他要推翻玄宗皇帝，取而代之，成为一方雄主。玄宗皇帝之愤怒，我完全能够理解。

彼时，我职司秘书监，不时与玄宗皇帝碰面，因而亲眼见证他怒不可遏的场面。

“那个男人，”皇上如此称呼安禄山，“那个男人，还曾想当我的养子！”

事实上，我也知道，安禄山成为杨贵妃之养子后，和皇上曾有段和乐相亲的时期。

“那畜生，打算对养父恩将仇报吗？”

勃然大怒的玄宗皇帝气得甚至想披挂亲征，我仿佛见到尚未与杨玉环相遇之前，那久违的英武皇上。

正月将尽之际，传来安禄山病重的消息。我心中暗忖，这场叛乱早晚会平息。然而，情况并非如此。

六月十日，哥舒翰率领士兵二十六万六千人冲出潼关，于灵宝西原遭遇安禄山麾下的崔干祐，双方展开了一场激战。

然而，战事仅此一日，哥舒翰二十余万士兵全数溃败。

消息传至长安，引起强烈的震撼。

之后，玄宗皇帝决心弃守长安，避走蜀地。

我收到避难的消息，是在十三日拂晓之前。

传旨使者告知一刻钟之后将撤离长安，前往蜀地，要我赶快准备。

此行只准携带必要物品，不得通知任何人，务必紧守秘密——使者又说。以玄宗皇帝、杨贵妃为首，一行人包括贵妃之姊虢国夫人、宰相杨国忠、高力士、韦见素、魏方进、亲王、妃嫔、公主、众皇孙，以及龙武将军陈玄礼所率领的禁卫军，总计三千余人。

居住于宫外者，即使皇亲贵族，也不得告知原委，全数秘密迁离。

天色尚暗之际，我们一行人已聚集在延秋门前广场。

玄宗皇帝骑马，杨贵妃乘轿。

我也骑马，其他人几乎都是步行，包括皇亲贵族、侍女、家眷、宦官以及士兵们。

细雨霏霏中，队伍出发了。

每个人脸上均浮现出不安的表情。除了宫中人士，无人知晓御驾出行之事。来自倭国的我混杂其间，想来真是不可思议啊。

坐在马背上摇摇晃晃出宫的我，内心与其说是不安，不如说是对留下的众人深感愧疚。这些人当中，有许多都是我的挚友或曾经关照过我的人。

虽说时间仓促，事出无奈，此事却一直让我耿耿于怀。

倘若日后再有机会重返长安，大概也不能像从前一般互相往来了吧。

早朝进宫的官员看到悄无一人的皇宫时，必定要大惊失色。

事实虽如我所料，那天宫里却也发生了一件我意料之外的事。

日后听人转述，据说，首先掠夺空荡荡的宫廷财物的人，既非安禄山，也非安禄山的士兵，而是与我们关系密切的人们。

他们由于遭到背叛而愤怒、惶恐，面对堆积如山的财宝，抑制不住心中翻搅的欲望，确属情有可原。我们实在无法憎恨任何人。

因为，打从一开始，我们便抛弃了他们。

我们一行人渡过架设在渭水上的便桥。

那时——“为避免追兵赶上来，把这座桥烧掉吧！”宰相杨国忠正要下令士兵如此做时，玄宗皇帝本人却出面制止了。

“烧掉这座桥，追兵或许赶不上来，可是，百姓们也要逃难时，没有桥该怎么办？”

因为皇上的这句话，桥未被烧毁。遭逢乱世，终于又让皇上恢复了昔日的仁心。

然而，随着前进的步伐，队伍人数一人、两人地逐渐减少，许多人都背弃皇上，自行逃窜了。

其中不乏皇亲与士兵。

宦官王洛卿，原为先遣队伍，就在皇帝一行人越过县界，准备安顿休息之际，他却逃走了。不仅我们，连皇上也受波及。正午时分，一时之间竟找不到一丝食物果腹，情况十分凄凉。

最后，还是宰相杨国忠亲自到大街市场，买了胡饼，藏在袖口带回来，献给皇上进食。

听闻此消息，咸阳百姓集体献上糙饭，同时送来麦、豆等食物。

皇子、皇孙们争先恐后地伸手抢食。

转眼之间，食物便被吃得精光，却无人感到饱足。即使如此，皇上依然下令赏银给奉献食物的百姓，衷心慰劳他们。

目睹此情景，许多人都落下了眼泪。

脱队逃跑的人更多了。我们勉强支撑就快倒下的身躯，那天半夜，好不容易才抵达金城县。

然而，当地县官却早已逃逸，不知去向。多数百姓也随之远窜。逃走的农民当中，有人似乎是在进餐时仓促行动的，食器中还残留着没吃完的食物。

以皇上为首的众多皇族，甚至抢吞此残羹剩肴，好咀嚼充饥。

当时，我们是如何仓皇逃离长安的，由此也可见一斑吧。

接着，就发生了马嵬驿那个惨剧了。

事实上，关于杨贵妃之死，才刚刚拉开序幕而已。

【四】

士兵的状况不稳，是抵达金城驿之后的事。

我们一行人虽于深夜抵达金城驿，但可能被错认为是安禄山的军队，此地县民竟然逃得一人不剩。

众人分头至各处民家寻觅食物，结果也仅堪果腹而已。皇上及皇族们的落魄模样，我们看在眼里，十分心酸。

然而，京城至金城驿，路途不过四五里之遥。尽管天未亮就出发，一路跋涉至深夜，事实上也没有前进多少。

此期间，许多人都逃之夭夭，就连向来随侍皇上身边的内监袁思艺也杳无踪迹了。

所谓国之将亡，君主亲身体验到的悲哀，该是如何沉痛啊！

遭此劫难以来，皇上的态度却始终令我感动不已。

如前所述，杨国忠宰相和皇上曾为了该不该烧桥而有所争论。实际上，出发前也发生了类似的事件。

就在御驾出京之时，队伍经过一处库房，杨国忠宰相突然开口：“把这库房烧光！别让里面的东西落入安禄山之手。”

“等一等。”反对此举之人仍是玄宗皇帝。皇上满面忧容，神情落寞地抬头凝视库房，说：“放火烧屋易如反掌。不过，一心想掠财的贼人，进城后倘无物可抢，将会怎么办？既然攻进京城了，此处没得抢，大概就会去掠夺百姓吧。民即吾子，让他们痛苦的事，我如何做得来？剩下的这些财物就搁着，让他们去抢吧！”

如此这般，库房幸免于难，被保留了下来。讽刺的是，赶在安禄山进京之前，冲进宫廷掠夺的，竟是皇上一心想守护的百姓，这是何等悲哀的事啊！

总之，我觉得，京城陷落之时，玄宗皇帝仍然极其威严。甚至可以说，遭难之后，更加显露出昔日的真性情了。

金城县内，灯火全无，众人簇拥相偎，和衣当枕，席地而眠，几乎已失掉了贵贱之别。

当晚，一名来自潼关、自称王思礼的使者来到了金城县，向皇上禀告：“哥舒翰大人已遭安禄山军队捕获了。”

皇上当即任命王思礼为河西、陇西两道节度使，要他迅赴该地，聚集溃军，东进讨伐安禄山。

如今回想起来，从那时候起，随扈的将士模样便有些怪异了。

他们无心就寝，群聚各处角落，窃窃私语。皇上寝处，与他们相距甚远，自然无从得知状况。

翌日，也就是六月丙申[1]，我们一行人抵达马嵬驿。

将士们疲饿交加，满怀怨怒，最后竟就地停留，再也不肯前进了。

接下来的叙事，部分并非我亲眼所见。有事后听闻得知的，但也有我身临现场的。请听我继续说下去。

率领禁卫军者，是龙武大将军陈玄礼。他对着鼓噪不满的将士说：

“大家听着，胡逆欲取长安，而以‘诛杀杨国忠宰相’为号召。”

杨国忠，也就是杨贵妃的堂兄，此回叛乱，原因即在于杨国忠和安禄山反目成仇。

“不过，对杨国忠抱持反感的，又岂仅胡逆一人？朝廷内外，憎恶他的，有多少，大家早就知道了吧？！”

据说，此时，将士们高声呐喊附和，不绝于耳，但我并未亲耳听见。

此前，我早已耳闻，杨国忠为了宰相一职，不，就算当上宰相之后也是如此，为了扩展权力，巩固本身地位，曾有种种残酷的行为。

他不但贬谪政敌，而且以微罪处死，甚至毒杀对手。

宫禁之内，欺瞒争斗，以保一己权力，不消细说，大兄当早已了然于心。

其中，杨国忠招怨聚恨，为众人所不满，早为不争的事实。

杨国忠为何能如此扩权？说起来，纯因他是贵妃兄长。皇上无心朝政，政务多半交由他代决，都因背后有贵妃当靠山。

1　六月丙申，指六月十四日。——译者注

皇上专宠贵妃，自然荒废政事。这种情形，与其归咎贵妃，不如说责任更在玄宗皇帝这边。

然而，为人臣子者，岂有追究皇上罪责之理？贸然责难，恐有叛乱之意味。

事情至此，若要论责任归属，也只能唯杨贵妃、杨国忠及其亲族是问了。

“如今，国政紊乱，皇上难安。我们理当顺天应人，为了国家的百年大计，依法惩处贵妃和杨国忠等人，不是这样吗？”

将士们高举拳头，齐声呐喊响应。

陈玄礼将上述说法写成奏折，递交东宫宦官李辅国转呈皇太子，再由皇太子上奏玄宗皇帝。

皇太子手握奏折，正在思量之际，吐蕃遣唐使者二十一人正巧路过此地。

吐蕃使者一行，也因叛乱而缺粮，他们正想投诉此事，因而唤住杨国忠的坐骑。

不知是见机而作，抑或忍无可忍，将士们乘机呐喊：“杨国忠偕胡虏谋反了！”

群情激愤之中，有人拔出腰剑，有人搭箭上弓，起哄骚动。

其中一人射出一箭，正中杨国忠马鞍，兵变于焉开始。

拔剑出鞘的部分将士蜂拥向前突袭杨国忠。

受到惊吓的杨国忠策马疾驰，躲进了马嵬驿西门之内。将士们继续追赶，将他拉下马来。

杨国忠当场被活生生剖腹、砍头，身首异处。

与此同时，他的子女们也被残杀殆尽，贵妃长姐韩国夫人、次姐秦国夫人哭号逃跑之际，均被追捕，惨遭刎首。

御史大夫魏方进目睹了惨绝人寰的这一幕。

他大声喊叫："众将士，为何要杀害杨相国？"

话犹未完，也被失控的将士们团团围住，残杀毙命。

据说，叛兵撤离后，现场肉块横陈，完全无法判断到底是人体或什么东西。

官拜门下省知事的韦见素听说叛变，大吃一惊。

他才步出驿站，也马上被叛兵所包围，乱剑刺杀。

韦见素倒卧在地，头遭重创，脑浆并鲜血直流，最后因有人呼喊："这人杀不得！"方才保住一命。

将士们把马嵬驿围得水泄不通。

玄宗皇帝虽然人在驿站屋舍内，毕竟还是察觉到了外面的骚动，询问左右臣下究竟发生了何事。

"陈玄礼叛变，把杨相国杀了！"左右据实以告。

当时，我也在驿站之中，听闻此言，才知道外面发生了大事。

皇上手拄拐杖，毅然走出驿站大门，下令解散。陈玄礼所率六军却不受令。

由门内往外看，映入眼帘的，正是宰相杨国忠的首级被刺挂在一名将士的长矛尖端。

贵妃姐姐们的首级都被高高刺举在长矛之上。

刘荣樵也在场，他的长矛尖端高挂着韩国夫人的头颅。

我心想，或许贵妃正在某处窥看此情景吧。

驿舍中，掀起一阵不安与动摇的旋涡。

"会不会被赶尽杀绝——"

每个人心中，翻来覆去都是这样的想法。

即便是我，最后也不免如此作想，自己或许会因卷入异国内乱而客死异乡，再也无法回归倭国了。多舛的命运，让人徒然叹息。

玄宗皇帝走入另一个房间，再出来后，派遣高力士到陈玄礼那儿，探询他真正的叛变意图。

“杨国忠谋叛，贵妃难逃干系，请皇上立即依法处分吧！”

这就是陈玄礼所提出的要求。

驿舍内的人莫不暗自忖量，如果皇上肯处分贵妃，便能救自己一命了。然而，却无人敢将这份心思说出口来。

玄宗皇帝看似好不容易才撑住拐杖，差点儿倒下来一般。很长一段时间里，他背靠着柱子，满脸愁苦地思索着。

“该怎么办才好？”皇上仰首，以求救的眼神望向我们众人，“不，不问也罢。你们心里想什么，我再清楚不过。”

此时，皇上近身中有位名为韦谔的官员，提起勇气向前跨步。他并未建议皇上任何事，只是以沉痛的声音说：“伏请皇上速决……”

韦谔五体投地，不停叩头，最后，额头渗出了成片的鲜血。

皇上见状，内心似乎深受感动。不过，皇上对贵妃毕竟情深意切，他的脸因浓烈的忧愁而整个扭曲变形了。

“贵妃常住深宫，如何知道国忠谋叛？贵妃无罪……”皇上如此告诉韦谔。

现场一片肃静，无人回应。

这时，宦官高力士徐徐跨步向前。

“皇上……”他以沉重的声音轻唤。

高力士是侍候皇上的贴身宦官。他随侍皇上的时间比任何人都长。

玄宗皇帝的锥心之痛和难言苦楚，他比谁都明白。

这事，皇上自己也了然于心。

“事情已不在于贵妃有没有罪了。”

高力士眼中流出泪水来。

玄宗皇帝与高力士，两人均已年过七十。

当时，我也已五十有六了。

“要说无罪，贵妃确应无罪。可是，陈玄礼已把贵妃的兄、姐全数杀光了。如果被杀者的至亲——杨贵妃还随侍皇上身边，就算他们目前肯撤除包围，并原谅贵妃，但他们怎能就此心安无惧？有关此事，只要皇上仔细考虑，该如何做，应该十分清楚了。恳请皇上以人心为念，再下决定。这也是让皇上心安的唯一方法……”高力士仿若泣血般地这样说道。

此话说毕，持续了很长一段时间的静默。

此刻，贵妃或许人在对面房间，但事件的来龙去脉，她应该也已完全了解了吧。

“呜……”

皇上发出一声呻吟，就在众人面前，静静地、静静地发出了呜咽的哭声。

即使再三忍耐，那痛苦的哭声还是从唇间流露了出来。

在场之人，禁不住同声饮泣。

就在此刻，迥异于低沉的啜泣声，不知从何处传来“咯咯咯”的声音。

那绝对不是啜泣的声音。

而是千真万确的笑声。

众人将视线移向声音来源，只见通往贵妃房间的入口处，伫立着一个矮小、瘦弱的老人。

那人正是道士黄鹤。

【五】

黄鹤人如其名，个子矮小，脖子像仙鹤般细瘦，长得小头锐面。

或许是身上混杂着的血统，也或许他本是胡人，无人知晓实情。不过，黄鹤鼻梁高挺，眼眸一如琉璃般碧绿。

这些事，我想大兄也知之甚详。在此，请容我再多说说黄鹤这个道士。

说起来，道士黄鹤能随侍玄宗皇帝，皆起因于贵妃。

杨玉环之所以成为贵妃的前因后果，早为众所周知。

一开始，杨玉环原是玄宗皇帝之子寿王的妃子。玄宗皇帝对她一见倾心，从寿王手中夺了过来。

然而，即使坐拥无上权力的皇帝，说什么也不能夺走自己儿子之妻，接纳为妃。据说，皇上曾一度断念，当时却有人进言，那人正是黄鹤。

“恕我斗胆进言，要让杨玉环随侍皇上身边，倒也不是没有办法。”

如果硬要下令，将杨玉环纳为己有也无不可，因为这世上绝没有皇帝办不到的事。不论采取任何手段，均罪不及皇帝。受命之人，或顺从，或抗命就死，只能选择其一。

只要下令，即使对方是自己儿子之妻，皇帝仍拥有纳为己有的权力。

对皇帝来说，只是有无下此命令的勇气而已。然而，玄宗皇帝毕竟无法下令。

因为这是严重背离人伦的行为。

“你说，有什么方法？”

“让杨玉环暂时脱离俗界。”

“噢——”

皇上闻言，不禁倾身以听，黄鹤提出了以下建议。

不过，据说这计策或许是高力士所献的，但即使如此，背后想必也有黄鹤这道士在操弄。

“皇上可令寿王殿下跟杨玉环仳离，原因是杨玉环欲入仙道。为入仙道，当为道士，故必须出家脱离俗界——此一理由，绝无问题。”

“然后呢？”

“暂为道士的杨玉环，过一段时间，再择机还俗，也不会有问题的。”

然后，再正式接纳杨玉环到皇上身边，这不是很好吗？

如此这般，皇帝深为黄鹤的献策所动，事情便这样进展下去。

杨玉环因此出家为道士，被迎进供奉老子的温泉宫——太真宫，而取名为太真。

从那时起，道士黄鹤便成为皇上的近臣。

很早以前，皇上对于道家、道教、神仙等便深感兴趣，且尊崇老子为道家始祖。就皇上而言，就是早有这样的原因，才会让黄鹤道士趁机接近。

黄鹤常与高力士待命皇上身旁，这回行幸蜀地，自然也随行在侧。

彼时，黄鹤环视我们一行人，发出低沉的笑声。

“皇上，臣有话禀告。”黄鹤说。

玄宗皇帝抬起头来，以求助的眼神望向黄鹤，有气无力地回应：

“黄鹤，朕该如何是好？”

“请到这儿来，”黄鹤牵住皇上的手，嗫嗫耳语道，“请皇上屏退闲杂人等。”

随后，两人一道消失于另一房间，似乎在商讨某事。

过了一会儿，两人回来了，站立于众人面前。

应该不是我的错觉，此时，皇上原本毫无血色的脸似乎再度泛红，眼睛也亮了起来。到底黄鹤和皇上在别室谈论了些什么？总之，那番话确实令玄宗皇帝恢复了些力气。

“晁衡大人、高力士大人，这边请。”黄鹤以恭敬的口吻说道。

“就我们这几个，在下有话要说。”黄鹤低首行了个礼。

根本毫无拒绝的余地。

我和高力士只得站到黄鹤和皇帝身旁。

“诸位，今有大事亟待商讨。这一时间内，请传令外面等候着。”

为了争取商讨时间，皇上迅速决定与外面叛军交涉的人选。

“走吧！”他出声催促大家进到里屋去。

【六】

贵妃内心不安到了极点，此刻正坐在里屋的椅子上。

为了不被外面窥见，里屋窗户紧闭，并以木板阻隔，房里只能照进微弱的光线。

阴暗之中，贵妃安静地坐着。即使如此，我依然能清楚地看到她的脸部表情。

大兄，不怕您见笑。

这位昔日掌握无比权势的女性，如今的处境却比被猎人搭弓瞄准的牝鹿还要危险。而此刻的我，竟对这位身陷险地的美丽妃嫔，产生强烈的爱慕之情。

由贵妃脸色得知，她已全盘了解外面所发生之事。杨国忠被斩首示众，她应该也在隐蔽之处看到了吧。

而且，她似乎也充分了解了，将士们要求交出她的性命。

端坐着的贵妃身旁，站了两个男人。

那两个男人，我也不陌生。

他们正是黄鹤的弟子，丹龙道士与白龙道士。

一见到玄宗皇帝的身影，贵妃便准备起身迎接，玄宗皇帝却温柔地制止她，径自坐到贵妃身旁。

“玉环，你别担心。我绝不会让你死。”皇帝伸手握住贵妃的双手。

“这个——”出声的是黄鹤，“下面我所要说的事，万勿泄露。”

黄鹤环视众人，确认我、高力士，以及玄宗皇帝、贵妃全都点头之后，他那细瘦脖子益发向前伸展，碧绿的眸子散发出锐利的光芒。

“刚刚我才禀告过皇上。但是，让我再说一遍吧。”

我完全抓不到头绪，为何如我之人，会在如此紧要时刻，置身如此特殊的场所呢？我是来自异国的倭人，并非大唐子民。

我却被刻意叫唤到此，想必有非如此不可的理由吧。

当然，我很快便知道个中缘由了。不过，当时我一点儿眉目也没有，唯一能做的，就是等待黄鹤说出下文。

“首先，我想说的是，有个方法足以搭救贵妃性命。”

为了不使声音外泄，黄鹤刻意压低音量，我却听得一清二楚。

“真的吗？”贵妃问。

“是的。”黄鹤点了点头。

“此刻若是夜晚，且仅只贵妃一人的话，依我们师徒三人的能力，应该可以让贵妃平安逃脱。然而，现在是大白天，将士们也不可能等到晚上。即使到了夜晚，贵妃从这儿逃出，蜀地路途却迢遥难行，返回京城也不可能，况且叛军人数在三千以上。总有一天，会在某处遭到逮捕吧。”

仔细一想，我们准备逃亡避难的蜀地，不正是贵妃的出生地吗？

贵妃出自官拜蜀州司户的杨玄琰家门，然而，她自幼父母双亡，在不得已的情况下，由叔父杨玄璬抚养长大成人，之后才成为寿王妃。不论是杨国忠还是韩国夫人、虢国夫人、秦国夫人，都并非贵妃的亲手足，而是她的堂兄、堂姐。

“那么，该如何拯救贵妃一命呢？”高力士问黄鹤。

黄鹤露出黄牙微笑回答：“首先，得先让贵妃一死！”

“什么？”高力士叫道。

贵妃听后眉头紧蹙，方才稍稍恢复的血气，又从脸上消失殆尽。

“必须让贵妃死上一回才行。”

不受黄鹤这句话影响的，只有黄鹤的两名弟子和玄宗皇帝。

“倘若我们宣称不杀贵妃，这些将士只怕难以善后吧。包括皇上，以及在场诸位，可能都会被杀死。”

“嗯……”高力士低声点头。

“就算让皇上和贵妃逃到了蜀地，这儿的叛军也将沦为不折不扣的暴民。数量增加之后，将会和安禄山军队合流，这是洞若观火的事。”

“……”

“简单地说，贵妃得暂且一死。”

“你到底想说什么？”

“贵妃、高力士大人，你们仔细听我说。我刚刚说的是——暂且。”

“什么？”

“暂且让贵妃一死，日后再复生。”

“你是说，装死？”

“不！”黄鹤连连摇头，“如果传出贵妃身亡，叛军当中必然有人前来勘验尸体，或许龙武大将军陈玄礼会亲自担当这项任务。”

“那——”

“那个陈玄礼，此前所见的尸体少说也有一两百具，我们再怎么巧妙装死，都会很容易地被他识破吧。”

“难道你是说，已经找到可以替代贵妃的人选了？”

“怎么可能？这种时刻，如何轻易就可找到适当的替身受死呢？”

“你到底在想什么？”

“高力士大人，你以为我们是什么人？”

“你们？”

“我们可是深悉咒法之人。”

“咒法？”

当然，高力士、贵妃与我均知晓此事。

黄鹤特别强调此事，到底有何意图呢？

“所谓道士，也就是涉猎长生不老、不死等事的人。”黄鹤说道。

“我知道，仙道之徒确实精通这些秘事。不过，关于长生不老或不死，世上本无其事。就连始皇帝，也曾派齐国方士徐福、燕国方士庐生等人去找寻长生不老药，或有此药方的仙人，结果失败，他还是死了。”

高力士对黄鹤述说司马迁《史记》所记载的片段。黄鹤中途打断高力士的话：“当然，这些我都知道——”接着，他又侃侃而论，“我也认为，世间绝对无让人不死之术。古代圣人能长生不老、羽化成仙、火烧不死，其实都只是传说，无非是憧憬不死之人内心所想象出来的故事罢了。”

此时，高力士或许认为，与其自己从旁插话，不如听任黄鹤说去较为轻松，因此也就不再插嘴了。

“不过，世间虽无不增长年纪的方法，却有减缓年纪增长的方法。”

“什么方法？”高力士问。

“高力士大人，你看在下多大岁数？”黄鹤反问。

“你吗？”

“是的。”黄鹤点头。

高力士仔细端详黄鹤。

再怎么看，都像五十岁左右的年纪。不过，那仅是外表看来而已，实际年龄，应该不是我所猜测的这个岁数吧。

“六十岁？”高力士说。

黄鹤摇头否定。

“四十岁，还是八十岁？”

“都不是，在下今年刚好一百零三岁。”

听了这个回答，高力士、我，加上贵妃、皇上，均流露出诧异的表情。

“听好。人可以依靠本身意志，以别人十分之一的速度增长岁数。”

“……”

高力士一句话也说不出来了。

“所谓尸解仙，你们可曾听过吗？”

黄鹤问道。

【七】

尸解仙。

对仙道有兴趣的大兄，想必听闻过“尸解仙”一词。因曾拜读葛洪所著的仙道书《抱朴子》，我对天仙、地仙、尸解仙的相异之处，也略知一二。

不过，在此，我也不能插嘴说话，打断话题。

“嗯。”先点头的是玄宗皇帝。

“说到仙人，大致分为三类。就是天仙、地仙和尸解仙。在世时，肉身长生不老，羽化升天，这是天仙。地仙，也是在世时成仙者。至于最后这个尸解仙，”黄鹤以骨碌碌打转的眼睛环视在场诸人，继续说道，“那是仙人中位阶最低的。因为修行不够，肉身无法羽化，只得于死后留下形骸，仅让魂魄成仙，此之谓尸解仙。”

我曾听说过，死后尸解成仙者，他的尸体也会消失不见。

据说，即使下葬后开棺察看，也只剩下衣裳或遗物，尸骸随魂魄不知飞往何处了。

黄鹤向大家说明的正是此事。

“总之，这是一种权宜之计。天仙也罢，地仙也罢，或是尸解仙，人想不死，在这世间绝无可能。不过，如我刚才所说，延长寿命倒是有可能。那就是——”黄鹤两眼直视着玄宗皇帝说道，“尸解法。”

“尸解法？”皇上探身向前问道。

“正是。”黄鹤望向贵妃，继续述说下去，“只要施行此法，呼吸、血液流动，甚至心脏跳动都会停止，皮肤温度也会消失。可以说，跟尸体几乎没有两样。呼吸，一天只需一次。心脏跳动，也是一天一次。施法期间，其所增长的年岁大概只有别人的千分之一。”

“……”

“在贵妃身上施行尸解法，让她成为假死状态之后，再让陈玄礼验尸，应该就行了。”

“不会被拆穿吗？”皇上问。

“不会。”

“可是，勘验后该怎么办呢？”

“暂时先葬在土里。”

“什么？！”

“这样做，才不会启人疑窦。毕竟，我们不能让尸体消失，也不能把贵妃玉体一起运到蜀地去。当然，贵妃玉体无论经过几天，也不会腐烂。运送无法腐烂的贵妃玉体，恐怕陈玄礼也会起疑心吧。”

“埋葬之后，再斟酌良机，把贵妃玉体自土里挖掘出来。”

“什么时候呢？”

“按照目前状况，无法确认是什么时候。也许一个月、三个月，或是一两年后……”

“两年？！”

“我想，三四年都还撑得住……”

“然后呢？”

“就看贵妃玉体拥有多少能量了。”

“……”

“虽说一天只需呼吸一次，可是，还是会一点一滴地消耗贵妃的精气。这期间，贵妃不能饮水，也不能进食。到了七八年后，玉体会愈来愈消瘦，最后在睡眠中真的与世长辞了。”

听到这里，贵妃脸色苍白，血气全失，唇角微微颤抖。

“如果像我一样，累积修行，就可以依靠吐纳法，晚上睡觉时自行尸解，白天自行醒来。贵妃却不行，贵妃只能由旁人施法，并得靠解除尸解法，才能苏醒过来。”

“所谓尸解法，到底要怎么做？”

“是的。人要成仙，有天丹法、地丹法两种……”

所谓天丹法，是依靠呼吸，将天地纯阳之气纳入体内，在体内提炼后成仙的方法。

而地丹法呢，则是凭借仙丹，使人身成仙之法。

“说起来，依贵妃状况，应该施行地丹法吧。”

“地丹法？”

“正是。我的秘药，也就是名为‘尸解丹’的药丸，先让贵妃吞服，再于贵妃玉体上扎几针。”

“扎针！”

“只听我说，还不如大家亲眼看看。白龙——”

黄鹤唤了一声，名为白龙的年轻方士，应了一声：“是！”随即轻飘飘地站了起来。

白龙与丹龙这两名年轻方士，此前，一直默默无语地坐在屋角。此刻，我方才想起有这两个人在现场。

“衣服——”

黄鹤话一说完，白龙便迅速解下衣带，脱去身上的道袍，一丝不挂地站在原地。

白龙肌肤白皙，身体结实，让人看得心荡神驰。

“大家看好。”说毕，黄鹤挨近白龙。

不知何时，他的右手上已握着五根长针。

其间，白龙的黑眼眸始终凝视着贵妃。

首先，黄鹤将第一根针轻巧地扎入白龙肚脐下方。

针长约五寸，几乎全部扎入白龙腹中。

其次，扎在背脊骨与骨之间。

下一针扎在心脏正上方。

再下一根针扎入喉咙。

无论哪一针，似乎都无痛感一般，白龙表情毫无变化。

这期间，白龙还是一直凝视着贵妃。

贵妃也同样凝视着白龙。

接着，最后一根针扎在后脑勺。

尖锐的长针，沉入颈脖后方头发之中。

针完全扎入之际，白龙身体忽地气力全失，瘫倒在地。

黄鹤用力托住白龙的身体，让他睡倒在地板上。

“请大家来确认。”

听从黄鹤的话，玄宗皇帝与贵妃将手贴在白龙鼻子下方，又将耳朵贴在心脏附近，不久，站起身子。

“没气了。心跳已停止。”

“体温也降低了。”

玄宗皇帝和贵妃，自顾自地喃喃回应。

“这些针，能让人体陷入尸解状态，扎针前吞服的尸解丹，则是为了保护处于尸解状态的肉体。如果没有尸解丹，不到一个月，在离心脏较远之处，就会开始腐烂。倘使身上某处带伤，也会从该处腐烂起。”

【八】

与方才顺序相反，黄鹤出手依序拔针。结果，本来既无气息也无心跳的白龙，胸膛又徐徐地上下跳动起来。

白龙开始呼吸了。

玄宗皇帝将耳朵贴在白龙胸口：“哦，心脏又动了。”

白龙脸上泛红，不久，紧闭的眼睑也睁开了。

“真是奇迹！”

看见站起身子的白龙，玄宗皇帝发出赞叹声。

“各位觉得如何？”黄鹤喃喃低语。

“贵妃啊，如果是这……”玄宗皇帝望向贵妃，但即便已经走投无路的贵妃也无法立即回应。

察觉贵妃犹豫模样，黄鹤说道：“贵妃不用即刻下定决心。”

此时，白龙已穿好衣服，回到原地，和丹龙静静地单膝着地，观看事情发展。

黄鹤望向贵妃，说：“因为我的话还没说完。”

黄鹤的视线竟然移到在下阿倍仲麻吕身上。

为何我会被召唤至此？真相大白的时刻终于到了。

“噢，对了，事情还没说完。”玄宗皇帝颔首。

“接下来的问题是，贵妃苏醒之后的事。”

“嗯。”

“安禄山之乱若能摆平，那就没事。问题是，万一戡乱不顺的话……”

黄鹤这番话的意思，我也能明白。

若干年后，搭救贵妃之时，如果安禄山军队已被平定——恕我直言，到了那个时候，此次兵变主谋陈玄礼及其他该负责之人，理应遭受严惩。目睹家人被杀的贵妃，届时绝不会放过陈玄礼等人的。因此，必须瞒着陈玄礼等人，先救出贵妃，接着逮捕陈玄礼等人，再让贵妃出面。

若不如此做，陈玄礼等人很可能再度叛变。

然而，比这个更糟的是，倘使那时安禄山之乱无法平定，那该怎么办呢？

听闻贵妃活着回到了玄宗皇帝身边，陈玄礼等人岂能心安？他们恐怕都会加入安禄山的军队吧。假若在这之前先行处置陈玄礼等人，则人心不免背离玄宗皇帝而去。

因为如果玄宗皇帝能够活到那时，即表示陈玄礼功不可没。玄宗皇帝此后得以平安行幸蜀地，当然全靠陈玄礼等人效力。

贸然处置有此功劳的陈玄礼，不仅百姓，只怕连皇上身边的重臣也会离心离德。无论如何，这些事都必须避免。

换句话说，即使费尽心血搭救出贵妃，也不能让任何人知晓。

若让贵妃隐姓埋名，不为人知地活在某处，玄宗皇帝大概也会忍不住要与贵妃相见。两人一见面，贵妃尚存活人间之事，势必为人所知晓。到时候，大唐帝国恐怕要从内部开始土崩瓦解。

黄鹤以低沉的声音述说着与我内心想法相同的事情。

“那到底该怎么做才好呢？”说毕，他又望向我，“晁衡大人，这儿就需要您相助一臂之力了。”

“怎么说？”黄鹤对我打什么主意，我完全猜不透，“如果有我能效力之处，在下愿竭尽犬马之劳，不过，我该怎么做呢？”

这时候，黄鹤深深吸了一口气，看了我一眼，望向玄宗皇帝，再看了看贵妃。最后，视线又回到我身上了。

“晁衡大人。必得劳驾您的是，请把获救的贵妃平安带到您的故土倭国。”

黄鹤使尽方才所吸进的空气，一句一句缓缓道出，以避免有人没听清楚。

但即使如此，我也不能马上领会黄鹤的意思。

“带到倭国？”

“是的。将贵妃托付给倭国朝廷，等骚乱平息之后，再将贵妃迎回大唐，这是在下的打算。”

说到这里，我终于理解他说了些什么。

“这——”

话又说回来，黄鹤这人怎会想出如此之事呢？

“只要能让贵妃到倭国，就算陈玄礼知道这事了，皇上应该也会有能力渡过难关。”

顿时，我感觉口干舌燥。

数度尝试吞咽口水，均告失败了。

“如、如果到了倭国之后，大唐没派使者来？”

“那就要拜托您了，请好好照顾贵妃，让她过得如意。”

听到这番话时，某种诡异的心跳向我袭来。

如果……

如果叛乱无从收拾，使者不来，能安慰贵妃、让她排遣无聊的，说来竟只有我了。

【九】

最后，贵妃接受了黄鹤的建议。

对贵妃而言，这是孤注一掷的决心，当时确实已没有时间多加考虑，更无法与他人商量。

总之，即便是演戏，也无从敷衍了事，接下来的就是商讨置贵妃于死地的步骤。

众人选出由高力士担任“杀死”贵妃的角色。

首先，高力士带着吃下尸解丹的贵妃到外面，于后院佛堂前，做样子绞死贵妃，让她在形式上死于高力士之手。

之后，再于贵妃身上扎针，使她处于假死状态，再遣人唤请陈玄礼来验尸。

【十】

啊——自我出生以来，我的命运是何等奇妙呀。

生于倭国，年轻时就越过万里波涛，漂洋过海，奉仕大唐帝国皇帝，几次欲返故国却不能如愿。就在我下定决心，将老死此地之际，竟然又遇到或许可如愿重踏故土的机会了。

而且，还身负将大唐秘密中的秘密之杨贵妃带往秋津岛的重任。

能躬逢目击此一秘密会商的，除了贵妃本人，就只玄宗皇帝、高力士、黄鹤，还有黄鹤弟子白龙、丹龙以及我，七人而已。

除此之外，再也无人知晓这场密会了。

大兄，如你也能懂倭国文字，那么你将是知道此事的第八人。

我如实以告。

眼见闪闪发亮的尖锐钢针扎进贵妃那令人目眩的雪白肌肤时，年将六十的我，心中竟也兴起了一股情欲。

大家为已经尸解的贵妃穿上衣裳，一切准备妥当之际，“贵妃逝世了！”高力士惊声尖叫，走进另一个房间。

“我，我把贵妃缢死了……”挥舞着手上的丝绢，高力士泪如雨下，哭喊道。

然而，陈玄礼等人并未解除包围。

此时，南方凑巧送来荔枝，玄宗皇帝将荔枝搁在贵妃“遗体”旁，一起放在床铺上，再以绣被覆盖，安放在驿站中庭，最后由陈玄礼等人前来勘验。

贵妃“遗体”被装入石棺，下葬于距马嵬驿西方约半里处，某道路北侧的山坡地下。

如此安排贵妃的丧事之后，我们一行人方才逃往蜀地。

“陈玄礼以下叛变将士，全部无罪。”其后，玄宗皇帝做出这样的裁夺。

【十一】

开挖贵妃“遗体”的时机迟迟未至。

就在行幸蜀地途中，玄宗皇帝让位给皇太子。

玄宗皇帝第三皇子李亨，即位为肃宗皇帝，玄宗则成了太上皇。

肃宗于西北灵武登基后，集结胡人、回纥等长城外各族援兵，于隔年收复长安、洛阳。

逆贼首脑安禄山则在肃宗挥师收复失土之前，遭自己的儿子安庆绪暗杀。

安禄山一生的起落，宛如一场梦幻泡影。

据说，攻克长安之时，安禄山已视线朦胧，失明在即。安禄山身体被多种病魔所侵，使他性格狂暴，无人能应付。

传言他得了疽病，或许身体已有部分开始腐烂。

安禄山欲立年轻的段夫人所生的安庆恩为太子，为另一儿子安庆绪怀恨刺杀。

肃宗皇帝比预期中更早夺回国都。据说，原因出于安禄山上述之事。

玄宗上皇返回长安，是在长安陷落后的隔年，也就是至德二年。

太上皇朝思暮想，一心挂念着贵妃。

原本，太上皇有意立刻开挖墓地，将贵妃搭救出来。然而，我们当初的计划已因若干事件而发生变化了。

变化之一，是玄宗皇帝退位为太上皇，由太子李亨登基为肃宗皇帝。

当然，肃宗皇帝并不知情，不知下葬在那石棺中的贵妃依然还活着。

若我们将一息尚存的贵妃挖掘出土，肃宗皇帝必然不快。

长安好不容易才恢复治安，倘若贵妃复生，大唐势必又将陷入动乱。

陈玄礼不可能安分守己。

另一变化，是安禄山之子安庆绪仍然活着。

诚如大兄所知，安庆绪暗杀生父安禄山，过了三年，即遭安禄山副手史思明杀害。不过，玄宗上皇返回长安之时，他尚在人世。

担心贵妃万一报复，陈玄礼再次叛变，谁又晓得，大唐帝国将会陷入何种处境？

总之，当时正是国事纷扰、帝国前途未卜的时期。

比起玄宗太上皇，此刻肃宗皇帝拥有更大的权力。我们无法违逆皇上，擅自挖掘贵妃出土。

如果肃宗皇帝知晓此事，想必会说，就让贵妃长逝于地下吧。

唯一的方法是避人耳目，暗中挖出贵妃，然后，不动声色地让我带回倭国去。

然而，此事真能做得神不知鬼不觉吗？

随着时间流逝，挖墓之事也愈来愈困难了。

贵妃墓地常年有人看守，即使能够暗中挖出，也绝难拭去挖掘的痕迹。守墓人一旦发现盗挖痕迹，一定会大感诧异而挖出石棺确认吧。

彼时，倘若石棺中不见贵妃遗体，守墓人马上会发现盗墓之事。到时候，首先要被怀疑的，就是玄宗太上皇。

若不谨慎行事，世人将会得知玄宗太上皇在幕后指使。

若想不为人知地秘密挖掘、运送贵妃的石棺，无论如何，都需借助高力士之力。不过，与马嵬驿之时相比，高力士现在的心情也好像有所转变。

高力士似乎反对挖出贵妃，让她回魂苏醒。

黄鹤虽禀告玄宗太上皇，不管高力士有何感想，都可挖出贵妃石棺。然而，玄宗太上皇却心意已决地说：“不能瞒着高力士秘密进行此事！”

再说，也还得准备远渡倭国的船只。

某晚，我被召唤入宫，秘密来到太上皇宅邸。

我到达的时候，马嵬驿众脸孔已聚集此处。

玄宗太上皇。

高力士。

黄鹤。

白龙。

丹龙。

以及我，阿倍仲麻吕。

支开闲杂人等后，我们火速展开谈话。

“挖出贵妃的时机应该到了。”满脸皱纹的玄宗太上皇说道。

亲眼看见灯火摇曳映照下的太上皇面庞，又听到他的声音，我猛然察觉，太上皇已经失去昔日打造大唐盛世时的脸孔了。

站在我面前的，只是个被自己心事所困扰的老人。

“到底什么时候挖坟？今晚想跟大家商量。”太上皇说道，“黄鹤，明晚行不行？”

“如果太上皇下令的话——”说毕，黄鹤行了个礼。

“嗯，既然这样的话——”太上皇回应。

“千万不可操之过急——”

不待太上皇说完，高力士开口抢话。

“你是说，还太早？”

“是的。”高力士深深一鞠躬说，“现在还不是时候。”

高力士嗫嚅地向上皇说明前面我所说过的理由。

“既然还太早，那什么时候？你说，什么时候才好呢？”

“我没法说。”

“没法说？”

“没法说是什么时候，奴才只知道，现在还不是挖坟的时机。请太上皇切勿急躁。”高力士说毕，太上皇又将视线移到我身上。

“晁衡，你觉得如何？有什么看法呢？”

“恕臣——”我点点头后，继续说，“臣深切体会上皇的心情，不过，高力士所言，微臣确有同感。”

“到底要听谁的？”玄宗太上皇提高音量，心怀怨气地睥睨了我一眼。

“暗中挖出贵妃，先将她秘密藏匿某处，然后不为人知地带到倭国。如果有这样的方法，现在就可以将贵妃搭救出来。”我说。

“有这样的方法吗？！”太上皇叫了一声，双手抱头，继续说，“如果有方法，快说出来。我一刻也等不及了，朕要把贵妃从地下挖出来。一想到贵妃这样被埋在地下，朕就要发疯了！”

“这个方法，微臣现在无法说得清楚，不过，倒是有几种可能。”

“你是说，有方法？”

“是的……”我深深低头致意，再点点头。

“什么方法？！”

“恕臣直言前先确认一件事，不知可否请问太上皇？”

“快说！”

“顺利挖出贵妃后，太上皇作何打算？”我下定决心，开口问道。

“如何打算？”

“贵妃生还后，太上皇打算和她一如往常地过日子吗？”

“……”

“太上皇会否改变心意，想暗中藏匿贵妃，期待一次又一次的重逢？或是按照原计划，由臣护送贵妃到倭国去？”

“……”

“即使和贵妃私下重逢，总有一天，也会暴露行迹。到时候，太上皇有何打算？是否已有觉悟了呢？总之，贵妃挖出后该怎么办，太上皇非拿定主意不可。如果打算藏匿贵妃，就必须做好万全准备。要带到倭国的话，也一样。

“微臣绝非要太上皇如何做，而是请您想清楚、下决心怎么做。不管何时开挖，都必须在万全准备后进行。”

“唉，”太上皇深深地叹了口气后，说道，“先说说你的意见，朕听后再决定。”

我心中已有觉悟，将涌溢的口水咽了又咽，然后对太上皇说：

“臣以为，正因打算秘密进行此事，才会让事情变得如此复杂。”

“你是说——”

“此事不如以公开仪式，在众目睽睽之下进行。”

“此话怎讲？”

“首先，由太上皇下旨，命令皇上迁移贵妃陵墓。”

“什么？”

“原本就因偶发的叛变，马嵬驿才成为贵妃墓地。墓穴也是临时凑合而成。如能以移葬为由，另建一座与贵妃身份相称的堂皇墓地，再将遗体移走，外界就没有批评的理由。”

“嗯。”

“移葬时，可从石棺中移出贵妃遗体，再以其他适当尸骸顶替就可以了。”

“……”

“大家觉得怎样？”

“这有个问题。到底何时、如何移换遗体？”

“首先，挖出装有贵妃遗体的石棺时，先不要打开，原封不动地移至就近的帐篷之中——”

“然后呢？”

“帐篷那儿，闲人不得接近。”

“用什么理由支开旁人呢？”

“就说太上皇要亲自凭吊贵妃遗体，不想让旁人目睹已腐烂的贵妃遗体。”

“嗯嗯。”

“然后，高力士、黄鹤等少数在场之人，打开石棺，调换遗体，再移葬到其他地方就行了。”

“嗯嗯、嗯嗯——”太上皇的声音明显透露出兴奋之情。

“新的墓地该设在哪里呢？”

“骊山华清宫旁应该很合适吧。”

“好办法！”太上皇欣喜地赞许道。

基于上述这番谈话，表面移葬墓地，实则搭救贵妃的行动，就此决定了。

【十二】

乾元元年[1]，牡丹盛开时节。

贵妃墓地四周，牡丹花缭乱盛开，殷红的红玉、纯白的白王、紫云、彩凤等各色名种牡丹，垂坠得细枝都弯曲了，五颜六色的花瓣正迎风摇曳着。

玄宗太上皇垂坐在树荫下设置的御椅之上，高力士、黄鹤、白龙、丹龙，加上我，并列左右两侧。

另有三十余名士兵、宦官、随从等也在现场。

贵妃埋葬此处，悠悠已近二载。

墓地早有四名持锹男子，等待太上皇下旨开挖。

玄宗太上皇起身，正要开口。

“啊，不，请等一下……”出声阻止的，是道士黄鹤。

上皇满脸惊讶地问道：“怎么了？”

“等一下，等一下。”

黄鹤说完，跨步向前，站在墓地上，若有所思地斜睨脚下泥土。过了一会儿，禀告玄宗上皇说：“此次挖掘贵妃石棺的任务，请交给在下

1　乾元元年，公元七五八年。——译者注

和白龙、丹龙吧。”

这句话完全不在当天计划之中。

原定计划是，下令数名士兵挖出石棺，送至迎面搭设的帐篷中。我们随即进入帐篷，将早已备妥的女尸顶替，再将贵妃秘密运回宫中。

然而，为何又……

既是黄鹤，他岂有忘掉计划之理？但既然是他特意提请亲自开挖，想必有某种理由吧。

玄宗太上皇似乎也抱持相同想法，说：“可以，你们三个挖吧！”

老道士黄鹤、白龙、丹龙取代四名男子，接手铁锹。“开始！”随同太上皇一声令下，黄鹤率先挥锹，朝土中挖了下去。

冷不防——我看到数条黑蛇，自土中倏地抬起镰刀形的蛇头，缠绕在往下挖去的锹刃和锹把之上。这景象，难道会是我看花眼了吗？

当黄鹤以锹刃尖端刨土，倒出一铲泥土时，黑蛇早已失去踪影了。

随后，白龙、丹龙也陆续下锹。

方才那幕，竟仿佛没有发生过一般，三人默默地挖土。

然而，千真万确，我明明看见黑蛇缠绕在锹把上，绝非错觉。

怎么可能？

或许方才我所见之事，黄鹤事前早已察觉，所以他才会主动请缨，要求担任挖掘工作。

当然，这事无法当场问个明白。

三个男人一语不发地继续挖土。

不久，白龙的锹刃碰触到土中某个坚硬物体，传出“咔嗒”的声音。

此时，玄宗太上皇一副坐立难安的模样。他自御椅起身，跨步走近正在挖掘的洞穴旁边。

“哦……”

里面果然有具石棺。

松动挖开四周的泥土后，石棺露出全部面貌。

约合十人之力，一起将那石棺抬起，移至帐篷中。

【十三】

闲杂人等已被隔离，如同两年前那天。

曾经聚集于马嵬驿房舍的众脸孔，又全员到齐于帐篷之中。

虽说贵妃人在石棺之中，也算是在现场。

“黄鹤道士。”我情不自禁叫唤了一声。

其他士兵、侍从均已远离，四周环绕、背对着这顶帐篷。

只要小声说话，便不必担心遭人窃听。

“你才下锹，我就看见数条黑蛇从土里蹿出，缠绕在锹刃和锹把上。”

“原来如此，你全看见了。”黄鹤回应。

“哦，真有此事，我也看见有只手从土里冒出，握住锹把。”玄宗太上皇附和道。

“果然。”

“果然？”

“所以，我们才接替挖掘工作。”

“什么？”

“若让士兵开挖，大概第一铲下土，他们就会吓得落荒而逃了。”

“这……”

“以贵妃墓地为中心，此处地气已乱。如果就那样开挖，我判断会出事，所以才接手。果然，这么做是对的……”

“到底发生了什么事？”

“这个……”黄鹤说毕，望向一旁搁置的石棺。

依黄鹤所说，墓地泥土，已有异形之气寄宿其中，下锹入地那一刹那，异气便缠住那把锹。那股妖气，依所见者不同，有人看见手，有人则看到黑蛇出现……

挖掘之际，无论黄鹤还是白龙、丹龙，都看到土中冒出种种不祥之物。

“贵妃到底怎样了？”

玄宗太上皇脸上愈发显现不安的神色。

“白龙、丹龙。”黄鹤简短呼唤，两人从帐篷缝隙中朝四周探看，随即回到原地。

“应该没问题。”两人向黄鹤报告。

“那就打开棺盖。”

黄鹤、白龙、丹龙三人，缓缓地将棺盖移开。

棺中情景，徐缓暴露出来。

太上皇看似有点儿胆怯，本欲闭上双眼，旋即豁出去一般探出身子，自缓缓移开的缝隙中察看棺内状况。

我们几乎也同时望向那石棺。

“哦！”玄宗太上皇吞下叫声。

石棺之内——贵妃静静地躺着。

贵妃确确实实躺在石棺之内。

可是，该如何形容她的变化啊。

青丝已成满头白发，原本白皙丰润的肌肤变成了茶褐色，皱缩得干巴巴的，有如枯纸一般。

而且，身形消瘦得无以名状。

她的头——脸颊凹陷得可以明显看出头盖骨的形状，肌肤干瘪，宛如一张薄纸，贴在骷髅之上。

她的双眼，睁得圆滚滚的，正仰望着众人，不知是生是死。

无论如何，那都是一张无可言喻的凄惨的脸——整张脸因恐怖而歪斜扭曲，嘴唇上翻，露出牙齿。

不知是否为贵妃所出，石棺中甚至弥漫着一股干涸的屎尿恶臭。

众人的双眼宛如冻僵了，好一阵子视线都无法离开贵妃的容貌。

“哦……”

“哦……”

玄宗太上皇发出嘶哑的声音，低声叫唤着。

“贵妃、贵妃啊，怎么会……”语毕，玄宗太上皇即别过脸。

“这到底……”

黄鹤也一脸难以置信的表情，俯视贵妃。

贵妃双手，正好托在胸前。

望见贵妃双手指头时，我几乎当场作呕，因为贵妃指尖上没有一个有完整的指甲。

指尖沾满了血迹。

裂开的指甲往上翻转，黏附在指尖之上。

沾满血迹的指尖——血迹虽已干涸，指尖形状却已非本来模样。双手的食指，甚至削肉露骨。

正好，棺盖被挪移一旁，搁在石棺旁的地面上，棺盖内侧朝上。

望见棺盖内面时，我几欲再度作呕。

因其表面上，竟然有数不清的血痕。

也有看似部分指甲或干枯的指肉，与血渍一起粘在该处。

我已明白，到底发生了什么事。

贵妃曾在石棺中苏醒过来。

醒来时，她马上明白自己置身何种处境。

贵妃惊恐尖叫，想方设法，企图从这地下的石棺中脱身，而用她那细长的指尖，拼命抓挠石棺表面吧。

“到底怎么回事？”黄鹤一脸茫然，喃喃自语。

“贵妃还活着。”说出这句话的，到底是丹龙还是白龙？

众人大吃一惊，俯视棺内动静。

“手指……”丹龙又说。

众人视线转移到贵妃胸前那双手，果不其然，贵妃左手食指指尖微微抖动了一下。

“哦……”

令人难以置信地，贵妃竟然一息尚存。

与此同时，贵妃的双眼也动了起来。

似乎是在探索某物，贵妃双眼左右移动，环视众人般，悠悠地转动了起来。

“哦，玉环，玉环呀，你可知道、可知道是朕啊……”

玄宗太上皇伸手抓住贵妃之手，贵妃脸上表情却无任何变化。

贵妃依然龇牙咧嘴，唯有一双眼睛转来转去。

看不出来，那对眼睛认出了谁的脸孔。

太上皇握着贵妃的手，喃喃自语："停！全部停下来……"接着又说道，"把贵妃从这儿抬出来。让她出来，马上回宫……"

"不用建造新坟什么的了。就把这石棺原地重埋。别让任何人再挖出来。"上皇继续喃喃说道，"你们向外说，太上皇一看见贵妃遗骸，已失去移葬的意欲。贵妃之墓就是此处。让它保持原状……"

帐篷内备有数只箱子，装盛此次仪式所要用的种种法器、座台等。自石棺移出的贵妃玉体，便藏匿在其中一只箱子内。

石棺再度盖上，埋葬于原地。

石棺回埋之际，黄鹤施行种种法术，避免石棺再度被挖掘出来。

此后，直到抵达京城，玄宗太上皇都如行尸走肉。

他已毫无气力，再也说不出任何话来。

高力士及道士黄鹤也都绷着脸，一语不发，长安归途中，两人在马上几乎未再出声。

对黄鹤来说，自信满满的尸解术为何会失灵？他一直在思索这个问题吧。

返京之后，待玄宗太上皇恢复元气，等待在黄鹤眼前的，会是怎样的指令？

黄鹤心中大概也在担忧这一点。

而我也不停地思索着，护卫贵妃至倭国的任务，已经飘向迢迢远方了。

【十四】

两个月后，众人再度聚首于玄宗太上皇处。

地点是在骊山华清宫。

事前已经安排，不让旁人接近，唯有我们一行人得以来到此处。当然，众人为何群聚此地，知情者唯有我们数人。黄鹤以马车秘密载运贵妃至此，其他人也一概不知。

此处是建造于池畔的独立屋舍。

为避免外界窥见，所有窗子全已关闭，我们轻声地向玄宗太上皇请安。

屋外树林一片绿意，传来阵阵婉转鸟鸣，玄宗太上皇的脸上却灰暗如死人一般。

玄宗太上皇。

高力士。

黄鹤。

白龙。

丹龙。

我。

失去灵魂一般的杨贵妃也坐在玄宗太上皇御椅旁所准备的螺钿木椅之上。

此时，贵妃虽已非刚出土时的可怕模样，体态已接近原形，但昔日丰润白皙的肌肤却已不复见。

她肌肤干巴粗糙，花白发丝也没能恢复原状。

贵妃看来老了将近十岁，更甚的是，贵妃的心似已远离她的躯体，不知飘向何方。

双眸茫然眺望着遥远的地方，身上披挂着一如往昔的华美衣裳，看来反而令人心痛。

有人打招呼，贵妃偶尔也会小声致意。然而，几乎所有时间，她都静默不发一语。

贵妃被搭救出来时所发出的恶臭——石棺中臭气冲天的屎尿味，让我毕生难忘。

那状况，让任何知道她往昔美丽身影、举止的人，都无法正视。

仿佛要忘却那股恶臭似的，贵妃身上香味四溢，却怎么也难消除印象中残留的味道，反而更令人想起当时不堪嗅闻的恶臭。

“怎样？”玄宗太上皇有气无力，自顾自地说道。

高力士望向黄鹤，示意太上皇问话的对象是黄鹤。

“是。”黄鹤俯首致意说道，“以贵妃情形看来，她的心情终于平复下来，不过，魂魄却还没回到体内。”

“那时，你是怎么对我说的？你不是说没问题，事情会顺利进行吗……”玄宗太上皇以怨恨的眼神，斜睨着黄鹤说，“难道无法找回贵妃的魂魄？”

“上皇陛下……”黄鹤以低沉的嗓音唤了一声，深深一鞠躬说，“回答这话之前，臣有一事禀告，不知可否说出？”

“什么？！”

“务必让臣一说。”

“可以，说吧。”

“是。臣对贵妃所施行的尸解术……”

“怎么了？”

“臣下之意，是有人破坏了我的法术。”

“什么？”

“尸解术以那样的方式失败，是很罕见的。”

“怎么说呢？”

“即使失败，也不会中途醒过来，顶多一睡不醒而死。”

“你是说，有人坏了这事？”

玄宗太上皇倏地瞪大眼睛紧盯着黄鹤看。

“上皇所言正是。”黄鹤眼珠向上翻，视线停留在太上皇身上，垂头回答，“不是尸解丹被调包，就是扎在贵妃身上的针，不知被谁松动了。”

“哦？”

“尸解丹被调包，现场没人可办得到。简单地说，唯一能做的，就是把我扎的针给松动了。”

“是谁，到底是谁做了这样的事？”太上皇的声音陡然放大。

“当时，若有人动了手脚，应该就是今日在场的某人。即使那时之后，回去挖掘，调整扎针深浅，那也应该是我们之中的某人，或是某人将此秘密外泄给了旁人。因为，除了我们之外，这世上再没有其他人知道这件事……”

太上皇不安地瞄了我们每人一眼。

然而，那份不安随即被愤怒所取代，太上皇激动地叫喊：“是谁，是谁干的？！”

这事当然不是我做的，但太上皇的视线停留在我脸上那片刻，我还是吓得魂飞魄散。

“上皇请息怒……”说话的是高力士。

不愧是高力士，即使这种场合，依然气定神闲。

“千万别操之过急。要断定是谁并不容易。”

“什么？”

“关于此事，诚如黄鹤所言，其一，失败的可能性还是很大的。”

“嗯。”

“其二，黄鹤知道自己法术失败，却为隐瞒真相，或许说了谎言。”

高力士说毕，黄鹤立即反击道：“是吗？大人是说，在下为了隐瞒失败而撒谎吗？”

“我不是这样说。我只是说，或许有那样的可能。”

“为何我听起来，像是说我撒谎呢？”

“有关这点，不是你先怀疑我们这些人的吗？诚如所言，当时在现场可以调整贵妃扎针深浅的，正是我们全体。可是，上皇绝无可能这么做，出主意的您及白龙、丹龙也不可能，如此推想当是人之常情。”

“……”

“如此一来，矛头就指向在下或晁衡大人了，你认为是我们其中一人干的。当然，我想在场的各位都知道，当时，是我建议玄宗把贵妃交给陈玄礼，那么第一个涉嫌的应该就是我了吧。”

“嗯……”玄宗望向高力士，喉咙深处将话咽了回去。

坚硬如石般的沉默，笼罩着现场。

不知贵妃是否明白自己已成为大家的话题，她依然沉静地凝视远方，双唇紧闭。

此时，屋外传来男人的声音。

“太上皇，启禀太上皇。”是在门外护卫、禁止他人进入的一名士兵。

“什么事？”

“是。外面有位自称青龙寺不空大师求见。”士兵自房间外面回答道。

“什么？不空？”

“他说，务必见太上皇一面，而且有要事禀告，希望获准谒见。”

“什么事？”

“我问过了，但不空大师坚持当面禀告上皇。”

“我现在很忙，叫他回去。”

“是！”士兵脚步声渐行渐远。

“可是，不空为何知道此地？”太上皇喃喃自语般说。

“上皇虽然微服出宫，事前却没嘱咐不得泄露行程，像不空大师这样道行高超的人，自己应可得知此事吧。”

玄宗发出“嗯”一声的同时，屋外又传来士兵的脚步声。

“不空大师说，无论如何都要见上皇一面。如果上皇不愿意见他，就要我传话，倘若大家正在谈论尸解仙一事的话，务必让他加入。”

玄宗吃惊不已，对空看了一眼。

既然提到尸解仙，表示不空知道我们在此谈论什么事。

当然，传话的士兵尚不知道贵妃之事，所以不空和尚故意不说出贵妃名字，仅拐弯抹角地说出“尸解仙”三个字，目的在于不想让这名士兵知情吧。

“这么说来，不空知道此事了。”玄宗情不自禁出声说。

“啊？”外头传来士兵不知所措的声音。

高力士随即说道：“既然他这样坚持，就见他吧。”

玄宗望向黄鹤，黄鹤立刻点头同意。

“好、好吧。领他到这儿来。”

“是。”

士兵脚步声又走远了。不一会儿，外面传来某人缓步前来的动静。

不久，脚步声停在门外。

“不空大师已带到。”士兵说。

“玄宗太上皇，久违了。不空向您请安。”

门外传来我也耳熟的柔和声音。

“进来！”

玄宗太上皇说毕，有人缓缓推开门扉，一身僧服的不空和尚走了进来。

不空和尚身旁，还有个十三四岁的沙弥，正抬起一张伶俐脸孔，安静地站在门口。

不空身后门扉关上后，士兵的脚步声，渐行渐远。

“久未问安。”不空静静地行了个礼。

【十五】

大兄。

你人在长安时，不是曾与不空和尚见过一两次面吗？

大兄来到长安，和我成为莫逆之交，我记得是在天宝元年的事了。

翌年春天，宫中盛宴。那日，你在御前挥笔立就填写《清平调词》，交由李龟年吟唱，贵妃起舞，盛宴情景至今历历在目。

回想起来，正是那时埋下了你和高力士失和之因，而那日宴席，不空和尚应该也列席在座吧。

彼时，我已四十三岁，你也同庚。不空正值三十九，比我们都年轻。

贵妃二十五岁。玄宗皇帝五十九岁。高力士六十岁。

对不空来说，那一年，是他首次行脚天竺之年。我想，在他即将出发前几天，他出席了那日的盛宴。

日后，不空再度行脚天竺，返回唐土后，便一直居住在青龙寺。

安史之乱时，他也寸步不离长安，始终在青龙寺修行。

我想，当时他已有五十四岁了。

不空和尚到底有何要事，要来此处谒见玄宗太上皇呢?

不，应该说，为何他知道玄宗太上皇人在此处呢?

稍事寒暄后，不空和尚对着一旁的沙弥说：“你到外面等一会儿。”

那个沙弥恭敬地行了个礼，走至外面。

不空和尚再度环视众人后，望向太上皇身旁的空椅子。

此时，贵妃已由丹龙与白龙搀扶，被带到其他房间。

房内剩下的，只有我和玄宗太上皇、黄鹤，加上高力士四人。

“不空，你有什么事？”太上皇开口。

“是。”不空点了点头，在原地跪下。

黄鹤从旁瞪视着不空。那时，我初次目睹闪烁着那般可怖眼神的黄鹤。

迄今为止，黄鹤算是那种内心究竟想些什么，根本无人能猜测出来的人，他是个喜怒完全不形于色的人。

虽说他唇角偶尔也会浮现微笑，但那微笑也无法让人理解黄鹤真正在想些什么。

这样的黄鹤，此时，双眼正充满着让人一目了然的憎恶。

不空和尚完全察觉不到黄鹤如此的眼神，他只是沉稳而安静地仰望太上皇，说："太上皇，请下旨众人回避……"

"让众人回避？"

"是。"

"你要说的话，这些人听不得吗？"

"正是。"

"在场全是我信任的人，你就直言吧。"

"请下旨众人回避……"

说毕，不空和尚深深一鞠躬，旧话重说。

太上皇终于忍不住愠气，脸上流露出不悦的神色。

"太上皇，贫僧今日禀告之事，希望只有太上皇知道。听完我禀告之后，若太上皇犹然怒气难消，贫僧这条贱命，任凭处置。"

不空和尚说毕，玄宗太上皇求救般望向黄鹤。

黄鹤依旧盯着不空和尚，说："不空大师，你今天是冒死而来的？"

"没错。"不空毫不犹豫地回应。

不空和尚看来毫不畏怯。

不知是否被此神情所迫，太上皇说道："也好。不空啊，既然如此，我姑且听你一说。如果你的话不讨我欢心，马上赐你死罪，明白吗？"

"是，谨遵所言。"

"就给你半刻钟吧。"

不空和尚再度毕恭毕敬地行了个礼。

结果，走到房外的是我们。

房内只剩玄宗与不空和尚。黄鹤、高力士加上我，三人暂退到房外。

两人在房内，到底正谈着什么？带着不安的心情，我们在其他房间内等待。

我们三人几乎没有交谈，只是偶尔叹息或面面相觑，等待太上皇和不空和尚谈话结束。

约定半刻钟已过，约莫又经过了半刻钟。有人进房报告，谈话已结束。

大家连忙起身，折回原来的房间。

玄宗太上皇沉着一张脸，坐在椅子上。

一副刚刚才结束谈话的模样，不空伫立在太上皇面前。

即使我们鱼贯而入，玄宗太上皇似未察觉一般，只是定定地望向上空某一点。

“上皇，刚才都说了些什么呢？”高力士轻声问玄宗太上皇。

“完了。”玄宗太上皇用微弱得无法听见的声音，喃喃自语。

“太上皇指的是什么？”

“我说完了。已经完了，一切全都……”

“护送贵妃到倭国这件事，您有什么打算？”

“根本没什么打算！”玄宗太上皇声音突然大了起来。

那巨大的音量，仿佛自腹底用力挤出。

“贵妃已变成那副模样，还能为她做什么？贵妃她，贵妃她……”

太上皇站了起来，浑身直打哆嗦。

是愤怒？

是憎恨？

这两种感情，似乎同时袭击了太上皇龙体，他涨红着满是皱纹的脸孔，高声呐喊道：“呀，贵妃，贵妃……”

喊毕，仿若病倒一般，他整个身子又跌坐回椅子上。

黄鹤见状，悄悄走至藏匿贵妃的房间，查看情况。

冷不防——“不见了！”黄鹤高声惊叫，“贵妃不见了！白龙跟丹龙也不见了。三人全都失踪了！”

黄鹤两眼炯炯地奔回到房内。

“忘了吧！”玄宗太上皇说，“大家都忘掉此事。什么都没发生，任何事都没发生过。贵妃已死在马嵬驿，后来的事全是一场梦。”

那声音是何等悲痛哀绝。

然后，正如太上皇所说，事情就那样搁置了，以上是我全部的见闻。

不久，有人发现守卫华清宫的两名士兵死了。

难道是贵妃和白龙、丹龙自华清宫逃走时杀害的吗？

从此之后，三人杳无踪影。

不仅如此，不知何时，连黄鹤也自华清宫消失身影了。

此后四年——肃宗改年号为宝应[1]，我又自镇南之地返回长安来。

然而，不多时，我又将离开长安，到更偏远的安南赴任。

如此，或许我再也不能活着回到长安了吧。

我已觉悟，安南将是我的终老之地。

1　宝应，公元七六二年。——译者注

话虽如此，我心里挂念着的，始终是贵妃的事。

我想，不空和尚应该完全知情吧。不过，再如何追问，他应该也不会说出任何内情。

到底发生了什么事？至今我依然不得而知。

或许，我应该如此想，曾经令我死心的归国之梦，因此事我又梦见了一次，其实是件幸福的事。

总而言之，在我老死之前，我亟欲吐露此事，所以提笔写了这封信。

我并非想让特定某人读这封信，我只是想记载下来而已。因为只是想记载下来，所以才以倭国语言撰写。

虽说收信人是太白大兄，这件事却和大兄无甚瓜葛。如果您读到了这封信，大兄啊，就请您当作这是晁衡过度思念倭国所做的一场春梦，笑纳下来吧。

此外，若是其他人读到这封信，如上所述，均与太白大兄无关，因是梦话，所有责任都在晁衡身上，请明鉴。

能涉入如此不可思议的事件，真是我的荣幸。

如今，返回日本确已无望，我谨以倭语写下此信，聊表遗憾之情。

宝庆元年　倭国使者　阿倍仲麻吕　记于长安

如此这般，空海终于读完了这封漫长的信。

图书在版编目（CIP）数据

妖猫传：沙门空海. 2 /（日）梦枕貘著；徐秀娥译. —北京：北京联合出版公司，2017.4（2022.6重印）

ISBN 978-7-5502-9044-0

Ⅰ. ①妖… Ⅱ. ①梦… ②徐… Ⅲ. ①长篇小说－日本－现代 Ⅳ. ①I313.45

中国版本图书馆CIP数据核字（2016）第261245号

著作权合同登记　图字：01-2016-7669 号

妖猫传：沙门空海.2

作　　者：（日）梦枕貘
译　　者：徐秀娥
责任编辑：高霁月　徐秀琴

北京联合出版公司出版
（北京市西城区德外大街83号楼9层　100088）
嘉业印刷（天津）有限公司印刷　新华书店经销
字数：220千字　880毫米×1230毫米　1/32　印张：9.75
2017年7月第1版　2022年6月第6次印刷
ISBN 978-7-5502-9044-0
定价：45.00元